El meu cor es diu Àfrica

El meu cor es diu Àfrica

Víctor Mora

Editorial Barcanova

Equip editorial:

Sara Moyano (Projectes)
Albert Lázaro (Edició)
Laia Salcedo (Disseny)

Fotografia de la coberta: Karppi

Mallorca, 45, 4.ª planta
08029 Barcelona
Telèfon 93 217 20 54. Fax 93 237 34 69
e-mail: barcanova@barcanova.es
www.barcanova.es

Novena edició: març de 2006
ISBN: 84-489-1916-5
Dipòsit legal: B-14649-2006

Printed in Spain
Imprès a Romanyà Valls, SA
Plaça Verdaguer, 1
08786 Capellades

Nota de l'editor

Aquesta obra, publicada per primera vegada l'any 1996, utilitza la toponímia de l'època. Cal tenir present que l'aleshores anomenat Zaire (l'antic Congo Belga) canvià de denominació l'any 1997 i adoptà oficialment el nom de República Democràtica del Congo.

En la novel·la s'han respectat els topònims utilitzats per l'autor; les notes a peu de pàgina, però, han estat actualitzades.

Aquesta novel·la està dedicada
a en Ferran, vell amic
que sap coses.

A Buma, l'antiga capital del regne del Zaire, s'alça un baobab gegant que, pels seus fruits farinosos, els europeus han anomenat «arbre del pa».

Els botànics pensen que té 4000 anys. Molts han gravat el seu nom a l'escorça, entre ells Stanley,[1] *un dels primers viatgers que, pels volts de l'any 1875, aconseguiren travessar el continent d'est a oest. En relació amb l'edat de l'arbre, es pot dir que aquesta inscripció data d'ahir. Igualment, Àfrica està carre-*

1. El britànic John Rowlands va prendre el nom de Henry Morton Stanley en ser adoptat per un nord-americà que es deia així. Stanley (1841-1904) fou periodista i explorador. Viatjà per l'Àfrica Central fins a trobar el desaparegut David Livingstone, un missioner escocès, també explorador, que combatia el tràfic d'esclaus. Stanley travessà tota l'Àfrica Equatorial d'est a oest. Col·laborà amb el rei dels belgues, Leopold II, amb el propòsit de crear un Estat lliure d'influències que no fossin les dels belgues. Per això, el seu nom s'ha vist associat al colonialisme i, amb la independència, ha desaparegut de la toponímia local.

gada d'història, i és molt lleuger el coneixement que en tenim. Perdre això de vista un sol instant és exposar-se a grans errors de judici. Perquè no hi ha res més atzarós que generalitzar a propòsit d'un continent. Les diferències que separen un poble negre d'un altre són sovint més grans que les que hi ha entre suecs i perses. Passa a vegades que dues tribus que viuen en un mateix territori necessiten un intèrpret per entendre's. Els africans s'esforcen actualment per tenir un llenguatge comú alhora que una comunitat d'esperit, però és un esforç molt recent.

Molts de nosaltres ignorem encara, sembla ser, que a la costa occidental d'Àfrica floreixen, des de fa segles, altes civilitzacions. Mai no ens han parlat de la cultura dels togo, de la saviesa dels ewe, de l'humanisme dels senegalesos. (A l'inrevés, malfiem-nos dels romàntics incorregibles que, en un tros de selva, ja creuen trobar-hi el paradís perdut.)

Comencem doncs per admetre que a penes ha passat un dia des que Stanley va gravar el seu nom a l'escorça del baobab. Admetem també que estem fent només les primeres passes en el camí d'un llarg viatge de descobriment.

H. Van Praag
Escriptor i filòsof neerlandès,
especialista en qüestions
culturals afroasiàtiques

Oh!, escolta quan llisquen, glaçades d'atzur, les ales
de les orenetes migratòries
Escolta la remor blanca i negra de les cigonyes
horitzontals a l'extrem de llurs veles desplegades
Escolta el missatge de la primavera d'una altra edat,
d'un altre continent
Escolta el missatge de l'Àfrica llunyana i el cant
de la teva sang!
Jo escolto la saba d'abril que et canta a les venes.

Léopold Sédar Senghor
Cant de la primavera,
«Per a una joveneta negra de taló rosa»

1

Què dius?? Que és un morter de 81?? —cridà en Sivilles, per damunt del soroll dels motors. Tenia les mans crispades sobre el comandament de l'Antonov,[1] llançat a ple gas, a punt d'enlairar-se d'aquell antic aeroport de guerra —ara utilitzat sobretot pels traficants d'armes— a la selva zairesa.

En Jackson, el seu copilot i soci, va assentir. Feia la cara que tenia en els moments de més perill: la cara d'algú que es diverteix moltíssim.

Aquell segon projectil havia fet impacte a la pista d'envol amb una forta explosió, més a prop que el primer, que havia esclatat a uns vint metres del pesant avió de transport. L'aparell, un dia meravella de la tècnica soviètica, era ara una antigalla que havia fet la guerra de l'Afganistan i en tenia algunes marques al buc, més o menys dissimula-

---

1. Sèrie d'avions de transport dissenyats per Oleg Konstantinovitx Antonov, enginyer aeronàutic rus.

des. En Sivilles l'havia posat de nou a punt, al seu taller de l'Empordà, però a dins de l'avió sempre hi feia olor de socarrim i espetarregava un cable o altre. Allò havia fet que en Jackson l'anomenés el «Chitty-Chitty Bang-Bang».

El copilot i soci retreia a en Sivilles d'haver comprat l'aparell, cedint més a la seva dèria de col·leccionista d'avions vells que no pas a les necessitats de la companyia aèria que ambdós tenien a mitges: la irònicament batejada «Carn d'Olla Airlines». L'havia comprat només per un grapat de rubles, era cert. Però s'havia gastat una dinerada —divertint-se molt, això sí— per fer-lo volar com calia un altre cop.

En Sivilles es tombà un moment i mirà cap al noi, d'uns disset anys, que seia darrere d'ells. Era alt i fort, tenia els cabells castanys, més aviat tallats curts, i els ulls verds. S'agafava amb les dues mans al cinturó de seguretat, a l'alçada d'on sortia aquella corretja, i estava blanc com un paper.

—Com va això, Toni?

—Oh! Millor, impossible! —va dir el noi amb un somriure més aviat forçat, però somriure tanmateix. En Jackson es tombà també i el mirà amb aprovació. En Toni no tenia res d'un inconscient i estava probablement mort de por, però lluitava per dominar-la: era tot el que es podia fer, amb la por. Era el que feia en Jackson mateix, amb coses com fer la cara de passar-s'ho bé, quan venien mal dades.

El nord-americà es va dir que aquell xicot tenia *the right stuff*, la bona pasta, el que calia tenir. S'alegrava d'haver simpatitzat amb ell i de parlar-hi sovint. Darrerament ho havien fet sobre un llibre que en Jackson li havia prestat: *Pylon*, de William Faulkner, una novel·la d'aviadors. També, de tant en tant, es feien mútuament bromes sobre el que els passaria si deixaven de prendre's les medicines que havien d'empassar-se, a hores fixes, per tal de no agafar qualsevol de les nombroses malalties tropicals que estaven a l'aguait.

Ara, els ulls d'en Sivilles eren clavats en la línia de selva que, a penes a uns tres-cents metres, tancava la pista i semblava acostar-se vertiginosament. Atacs anteriors com el que sofrien, o encara pitjors, hi havien obert forats, a la pista. I calia esquivar aquella mena de cràters.

Un altre projectil de morter va esclatar a prop de l'Antonov!

En Toni va veure alçar-se un gran sortidor de terra polsegosa, i una calamarsa de trossos del ciment deteriorat de la pista va ressonar sobre l'avió, que corria cada cop més.

«Quan tinguis por, xiula o cantusseja baixet», li aconsellava el seu pare quan era petit. Pobre pare! En Toni se l'imaginà el dia en què —aviat faria un any— el Boeing de passatgers on viatjava amb la mare es va estavellar. Van dir que durant més de deu minuts els passatgers havien sabut perfectament que l'avió queia... El noi va fer un esforç per allunyar aquell pensament.

Els primers temps, després d'allò, somiava que res no havia passat i tornava a veure els seus pares, vius. Es despertava plorant. Aquella era una ferida que trigaria molt a cicatritzar, si és que ho feia alguna vegada.

El pare d'en Toni, un industrial, havia compartit la passió d'en Sivilles pels avions vells... Eren amics. I com que en Toni no tenia cap parent amb qui volgués anar a viure, en Sivilles li va oferir quedar-se amb ell i els seus amics, a l'Empordà, per formar part de l'equip de Carn d'Olla Airlines. Alhora, podria continuar els seus estudis d'informàtica. En Toni ho havia acceptat, ben content. Admirava des de feia temps en Sivilles, a qui envoltava com una aura d'Aventura amb A majúscula.

L'empordanès es dedicava a localitzar i rescatar avions que s'havien estavellat... O bé els feia volar de nou, o bé en recuperava els carregaments. Era un ofici difícil i perillós que comportava, a vegades, alçar el vol amb molt poc espai, des del cim d'una muntanya, per exemple, o des d'una zona d'aiguamolls... «Es torna boig "ressuscitant" avions!», deia en Jackson. «Els apedaça i a vegades els fa volar amb més pedaços que no pas restes de l'avió original. En Sivilles és el Frankenstein de l'aviació!»

En Jackson, un pilot que havia decidit deixar les forces aèries del seu país, després d'haver hagut d'anar a bombardejar Bagdad durant la guerra del Golf, ensenyava a en Toni a tocar la guitarra i a cantar cançons *country*.

Però potser ja no tocarien mai més la guitarra, cantant «The Ballad of Sally Rose», d'Emmylou Harris, si ara l'Antonov no alçava d'una vegada el vol des d'aquella pista zairesa, batuda per un morter de 81...

Un morter, de qui? D'uns guerrillers? D'uns bandits?

D'uns soldats de l'exèrcit, que s'havien amotinat i feien la guerra pel seu compte?

Qualsevol cosa era possible en aquell país de l'Àfrica Equatorial, un país on, després d'un colonialisme tan explotador com tots, els ideals de llibertat i d'independència compartits per més de vint milions d'habitants —que procedien de dues-centes tribus i enraonaven més de quatre-centes llengües diferents— havien desembocat en una dictadura asfixiant, amb poderoses complicitats polítiques i financeres internacionals, que durava des de feia trenta anys.

Un país d'immenses riqueses minerals i d'altres (coure, zinc, cobalt, urani, manganès, diamants... cotó, sucre, cafè, cautxú, te...), tradicionalment mal repartides, on res no semblava poder evitar que, per a la majoria de la població, augmentessin més i més la injustícia social, la malaltia i la fam, fins al caos total.

Fossin qui fossin els qui disparaven, per què dimonis havien atacat la pista en el moment en què l'Antonov, que venia de Kinshasa,[2] havia de carregar carburant?

El necessitava per poder continuar el viatge, rumb a un punt determinat de la selva, als estreps de les muntanyes

2. Capital de la República Democràtica del Congo, que s'anomenava Léopoldville quan aquest país era colònia belga. Kinshasa es troba a la ribera sud del riu Congo.

Virunga, la terra dels últims goril·les d'aquest món. En Sivilles havia rebut l'encàrrec de rescatar-hi un avió que havia tingut la sort, dins la desgràcia, de poder fer un aterratge forçós allí, a prop d'un llac, en un aeroport abandonat que encara feien servir els *poachers*[3] i els contrabandistes de diamants. L'empordanès havia de fer volar de nou l'avió perdut o, en tot cas, caldria rescatar-ne el carregament.

L'atac a la pista, que encara durava, la destrucció feia uns minuts del camió cisterna carregat de carburant que els esperava, el foc que ara cremava una part de la selva... Tot allò, era una cosa preparada contra en Sivilles i els seus companys, o es devia a la pura casualitat?

A en Sivilles li agradava fer-se el misteriós. No havia dit a ningú quin carregament transportava l'avió sinistrat. Però en Toni sabia —i segurament en Jackson ho sabia també— que la companyia anglesa que havia fet l'encàrrec de rescatar l'avió o el seu carregament s'havia referit a «material electrònic valuosíssim».

Ho sabien gràcies a la Fanny, una noia francesa que havia pertangut al circ volant Els Àngels d'Acer i ara pertanyia a Carn d'Olla Airlines.

El circ volant s'havia desfet a conseqüència d'unes acrobàcies que van acabar malament, al cel de l'Empordà, a la

3. Un *poacher* és un caçador furtiu.

vertical del Cap de Creus. I la Fanny havia acceptat l'oferiment d'en Sivilles de quedar-se a Carn d'Olla Airlines per coordinar-ne el treball. No solament «coordinava», sinó que «governava» l'empresa, ja que en Sivilles i el seu soci eren, segons deia, burleta, «un parell de despistats», amb «unes qualitats histriòniques envejables, dignes dels anomenats pallassos de la tele», uns «comediants» que només estaven per volar... la seva autèntica passió! O per fer la cort —sempre rivals— a alguna guapa senyoreta... La seva altra, no menys autèntica, passió!

«Material electrònic valuosíssim...» havia dit la Fanny. «Espero que sigui veritat! Mai no havíem sentit parlar d'aquesta companyia anglesa, Morrisson Limited... Espero que no ens facin anar a buscar un carregament d'armes clandestí.»

Un nou projectil esclatà!

L'Antonov era ja perillosament a prop de la línia de la selva. L'aparell pesava tant, que a en Toni li semblava sempre un miracle que s'enlairés. I això que només duia els tripulants!... «Què passarà el dia que vagi carregat de debò?», es preguntava sempre el noi.

«Déu meu! S'acaba la pista!!», es digué ara. En Jackson es tombà cap a ell i li va fer l'ullet.

—Agafa't fort, que no passem, Toni! —va dir. A jutjar per la seva cara riallera, allò semblava la cosa més divertida del món.

Però ja s'alçava l'Antonov, per fi!

En Toni, que contenia la respiració, va sentir alguna cosa fregar contra la panxa de l'avió: ramatge de la copa d'algun arbre! Uns centímetres més baix, i...

L'Antonov feia la volta sobre una pista aèria on, per no haver-hi, no hi havia ni torre de control. En Toni va veure bé, ara, la columna de fum que pujava cap al cel de la tarda en anelles negríssimes, tan compactes que semblaven tangibles.

Quan el camió cisterna havia fet explosió, encalçat de ple per un projectil, el carburant encès havia esquitxat un tros de sabana i de selva. Però l'incendi no s'estendria gaire més, gràcies a la inextricabilitat d'una formidable vegetació permanentment humida, quan no molla, on el sol mai no penetrava totalment.

—Mira que bé crema el nostre carburant! —va comentar en Jackson. La situació no devia ser pas tan perillosa, es digué en Toni, perquè l'americà ja no semblava divertir-se—. I ara, què farem, Pep?

En Sivilles va respondre:

—Mentre tu, estimat Slim, flirtejaves amb aquella hostessa pèl-roja de la Sabena,[4] el sacrificat del teu soci, és a dir, jo, vaig donar una bona propina, no en nous zaires sinó en dòlars, a un dels controladors...

—Tu sempre llençant els diners de la companyia!...

---

4. Línies aèries belgues.

—I gràcies a això, em va assenyalar dues o tres pistes més o menys clandestines, on podem provar d'aterrar, si és que ens quedem secs.

En Toni respirà, alleujat en sentir allò.

Era extraordinari veure que de pressa es feia fosc en aquelles terres càlides i humides! Tant en l'estació seca, com ara, com en l'estació de pluges, li semblava haver entès... No eren més de les sis de la tarda i, bruscament, s'havia fet de nit! En mirar el rellotge, recordà que no havia d'oblidar de cap manera —ni ell, ni els companys— les hores de prendre's tots els medicaments que calia empassar-se per anar a l'Àfrica...

Però en Sivilles continuava:

—I em sembla que ens quedarem secs... Perquè encara som molt lluny d'allà on anem. O sigui, Slim, que pots començar a localitzar els llocs que ara et diré, per si de cas. Si tenim sort, la vegetació encara no els haurà tornat a cobrir completament.

«Si tenim sort!», es digué en Toni.

2

A l'alba, procedents de Kisangani,[1] tres *land-rovers* tot terreny, amb tracció a totes quatre rodes, avançaven per una pista oberta a la selva, des de temps immemorial... pels elefants que anaven a abeurar-se al riu Luabala.

Els vehicles es dirigien exactament al mateix punt on anava l'avió de Carn d'Olla Airlines.

En el segon dels *land-rovers* només hi havia dos passatgers: un home i una dona. Era l'home qui conduïa.

En els altres vehicles —tant en el que obria la marxa com en el que la tancava— hi anaven vuit passatgers, a més dels conductors. Eren homes d'aspecte rude, de nacionalitats i races diferents, però tots tenien una cosa en comú: anaven armats fins a les dents. Duien *kalashnikovs*,[2] pistoles, matxets... En un dels *land-rovers* hi havia també

---

1. Ex-Stanleyville. Ciutat de la República Democràtica del Congo. Centre comercial sobre el riu Congo.

2. Fusell d'atac de fabricació russa.

rifles M-16, equipats amb llançagranades, i explosius diversos.

L'home que conduïa el *land-rover* que anava al mig —vehicle protegit pels altres, doncs, pel davant i pel darrere— era un sexagenari vigorós, de cara vermellenca. Li quedaven quatre cabells blancs amb els quals provava debades de dissimular-se la calba. En l'anglès propi d'una persona que ha rebut una bona educació es va adreçar a la passatgera:

—Digues, Laila... Fins ara no hem trobat cap control de l'exèrcit, ni dels *rangers* dels Parcs Nacionals. Què hem de fer si ens paren?

—Què podem fer, estúpid? —va respondre la dona, una eurasiàtica de gran bellesa d'uns trenta anys—. Ho vaig dir als homes quan vam sortir! Dormies, o què??... Si els que ens paren no accepten els papers falsificats, segons els quals anem al Parc Nacional de Virunga a fotografiar els pobrissons-últims-goril·les-víctimes-de-la-civilització, pel compte del *National Geographic Magazine*..., si no accepten els papers, dic, haurem de disparar.

—Entesos. La resta del pla segueix igual?... ¿Continuem fins on l'avió va fer l'aterratge forçós, i allí esperem que aparegui l'avió d'aquells desgraciats que es dediquen a rescatar avions sinistrats...?

—Continuem!... És clar que sí!! Però, en què estàs pensant?? Repapieges o què?

—No t'enfadis, amor meu...

—Deixa de dir-me «amor meu»! No m'agraden els vells, i menys quan tenen panxa!! I a més, no suporto els tipus que proven de dissimular-se la calba i es posen laca als quatre cabells que els queden.

L'home de la cara vermellenca va adoptar l'expressió que, segons ell s'imaginava, havia de tenir algú —víctima d'un intolerable sofriment— en veure's injustament maltractat.

—Laila Singh!... Saps que t'estimo, i per això abuses.

—I qui t'ha demanat que m'estimis, David Pelham??... Només et demano que facis bé la teva feina i que et guanyis els diners que et pago!

L'home accentuà aquella expressió de sofriment. Però ella ja no el mirava. Es posà una colònia repel·lent contra els mosquits, donant-se copets suaus, amb els dits, a la cara, al coll i al dors de les mans. Es mirà després les ungles curosament esmaltades de vermell. Hauria volgut pintar-se-les de nou, però el *land-rover* saltava massa.

El vehicle que obria la marxa havia desaparegut en un revolt de la pista, sens dubte avançant-se per explorar. L'eurasiàtica i l'anglès el van veure a la sortida d'un altre revolt, parat, esperant-los.

En baixà un europeu robust, vestit amb pantalons d'uniforme lleopard, jaqueta texana i una samarreta que tenia impresa la cara de Mick Jagger. Empunyava un *kalashnikov* i s'acostà corrent.

—Madame Singh! Madame Singh!... —cridà—. A uns dos-cents metres més enllà hi ha un control de *rangers* del Parc Nacional de Maiko! N'hi ha dos. Més valdria aturar-se.

—Quan necessiti un consell, ja te'l demanaré. Res de parar! Endavant! Són massa ganduls per reaccionar... I nosaltres hem d'arribar a l'avió sinistrat abans que hi arribin aquests estúpids de... de..., no recordo mai com es diu aquest dimoni de companyia!...

—Carn d'Olla Airlines —va dir l'home de la cara vermellenca, pronunciant «Carn d'Olla» com va poder.

—Això mateix! Entenc «Airlines» —va dir, rient, la bella eurasiàtica—. Però, què vol dir l'altra cosa impronunciable, per a una persona civilitzada?

—És un plat de la gastronomia local espanyola —respongué l'home, amb el posat docte d'aquell que ensenya pacientment a qui no sap—. La recepta és la següent: es posa a bullir arròs amb ceba i tomàquet, i gambes i musclos i pops petits... Es deixa bullir vint minuts, i se serveix.

—Pops petits? Amb tentacles?? —s'horroritzà l'eurasiàtica, que havia estat educada a Anglaterra.

—Amb tentacles, amor meu.

—Quin fàstic!! I no em diguis «amor meu», t'he dit abans, estúpid!

La Goldie Severing, una noia que estava a punt de fer disset anys, i que semblava albina de tan rossa com era, caminava per una d'aquelles pistes que els búfals solen obrir a la selva —per espessa que sigui— quasi sempre perquè porta a un punt d'aigua, o a un lloc on creix una pastura més suculenta que la de costum.

La pista tenia, durant tot el seu trajecte, una amplada d'un metre seixanta. Era l'amplada de la cornamenta, de punta a punta, que els búfals utilitzaven sempre per obrir-se pas.

La Goldie Severing venia de Queen Dandelion, una granja que, per molt poc, no quedava dins dels límits del Parc Nacional Virunga. I la noia seguia la pista de la seva mascota preferida: un ximpanzé que s'havia escapat, segurament atret per les feromones d'alguna femella en zel.

El quadrumà havia nascut i havia viscut sempre a Queen Dandelion, i ara la Goldie tenia molta por que no pogués sobreviure en les dures condicions de lluita per la vida, de tots-contra-tots i campi-qui-pugui, pròpies de la selva.

La seguia, sempre a cinc metres de distància, llest per protegir-la de qualsevol perill, un musculós *targui*,[3] anomenat Kemba, més alt que el més alt dels jugadors de beisbol. Anava amb la seva vestimenta típica —si bé amb la cara descoberta sota el turbant— encara que es trobés ben lluny del seu desert. L'única arma que duia era una *takuba*, l'espasa típica dels tuaregs.

---

3. A vegades s'escriu així el singular de «tuaregs», que és un poble nòmada del Sàhara.

Aquell colós nord-africà era qui havia ensenyat a la Goldie, amb la delicadesa d'una *nurse* anglesa diplomada, a fer les primeres passes. Una vegada, quan la Goldie tenia cinc anys, en el curs d'una expedició, es va escapar de la vigilància del seu pare, el professor Severing (etòleg internacionalment conegut, de qui es parlava com a possible Premi Nobel), i s'acostà massa a un riu, l'Ituri.

Hi havia un cocodril, entre els bambús..., que esperava l'esmorzar.

El saure es va moure vertiginosament cap a la Goldie...

Però en Kemba arribà primer!

Havia engrapat la cua del cocodril i estirà brutalment cap a ell. Gràcies a allò, les mandíbules de la bèstia es van tancar, amb un espetec de les dentotes, a un centímetre d'una cama de la nena. Sense deixar-lo anar, en Kemba el va enlairar i li va fer donar unes quantes voltes, per damunt del seu cap... El deixà anar tot d'una, de manera que va sortir disparat! Va anar a parar molts metres més lluny, a la meitat del riu, aixecant un gran sortidor d'aigua.

Havia caigut a prop d'una canoa plena de pigmeus, que mai no havien vist un cocodril volar d'aquella manera...

I deien —aneu a saber si era veritat!— que una cosa tan extraordinària fins i tot va ser, per als diminuts habitants de l'intricat bosc d'Ituri, l'origen d'un mite: el mite del Cocodril que Ve del Cel.

Ara, en Kemba estava inquiet. Arribava el migdia i Shikishiki (nom que ell donava a la Goldie, en record del soroll que feia una mena de maraca que ella no parava de sacsejar, quan era petita) no donava senyals de voler tornar a Queen Dandelion, entestada a trobar algun rastre del maleït ximpanzé. Si no tornaven aviat, el professor Severing començaria a preocupar-se. En Kemba adreçà una silenciosa pregària als esperits que omplien la selva —els bons, perquè ell creia que també n'hi havia de dolents!— demanant-los que el professor estigués concentrat en un d'aquells treballs que l'absorbien completament —a vegades, dies i dies— i de tal manera que no semblava adonar-se de res més, i calia insistir-li molt perquè mengés alguna cosa.

—És tard, Shikishiki... Hauríem de tornar a Queen Dandelion, no creus?

Per tota resposta, la Goldie va tocar de nou el xiulet que penjava del seu coll. Era el xiulet amb què, a la granja, anunciava l'hora de menjar als animals, cap a les cinc de la tarda. Allò passava cada dia, quan la Goldie tornava d'una finca veïna on la doctora Khary, una ugandesa, donava els seus cursos de veterinària.

L'eco tornà el so del xiulet. Però el Mik-Mik, el ximpanzé, no va sortir de l'espessa vegetació que s'alçava a ambdues bandes de la pista dels búfals.

La Goldie no solament s'estimava moltíssim aquella mascota de qui havia tingut cura des que va néixer, ara aviat faria un any, sinó que estava fent, amb el Mik-Mik, un treball que l'apassionava. Ensenyava el ximpanzé a «parlar» en *ameslan*,[4] la llengua per signes que utilitzen els sords. El Mik-Mik tenia ja un «vocabulari» d'uns tres-cents signes i n'utilitzava regularment un centenar. «Deia» coses com «vull banana», «m'agrada», «no m'agrada» i entenia i expressava perfectament «tanca la porta», «obre la finestra», «t'estimo», «m'estimes?»... Aquells darrers dies, la Goldie li havia explicat un conte per signes: figurava que un ximpanzé, fugint d'un lleopard, s'enfilava a dalt d'un cocoter... I finalment aconseguia fer fugir el lleopard a cops de coco.

El Mik-Mik havia entès ràpidament el conte, celebrant la victòria sobre el lleopard amb grans demostracions d'alegria. I només volia que la Goldie li tornés a explicar un altre cop, i un altre cop...

Fins que havia passat per allí la «femella de l'espècie» dels ximpanzés, amb un conte, per dir-ho així, que s'explicava des de feia mil·lennis i sempre semblava nou. I el Mik-Mik havia sucumbit a l'irresistible poder d'aquella «narració».

Desanimada, la Goldie estava a punt d'abandonar la recerca, quan ella i en Kemba van veure sorgir d'un revolt de la pista tres soldats de l'exèrcit, més armats que de costum.

Un d'ells era el capità Tambo, que la Goldie havia vist sovint a Queen Dandelion quan, per exemple, duia al seu pare algun animal —mamífer o ovípar— que havia trobat mort per la selva, i que portava alguna marca, o anella amb

4. Abreviació d'American Sign Language, com anomenen als Estats Units el llenguatge que fan servir les persones amb discapacitat verbal.

la data, que el professor Severing els posava, en relació amb un o altre dels seus treballs.

Però aquell dia el capità Tambo no somreia amb les dents blanquíssimes, que, segons pensava la Goldie, feien un contrast molt bonic amb la seva pell, que de tan negra tenia matisos blavosos.

—Bon dia, senyoreta Goldie... —va dir en llengua *lingala*[5]—. M'alegro de veure-la, però no m'agrada de trobar-la per aquí, avui, encara que l'acompanyi algú tan segur com en Kemba.

En Kemba va saludar el capità fent una inclinació amb el cap. Però el seu rostre romangué tan impassible com una màscara d'art africà, una màscara ékoi, o thokué, de les que, ara, més que a l'Àfrica, es troben sobretot als museus europeus.

En Kemba seguia essent un home del desert, i tenia el mateix concepte de la llibertat que el que demostren tenir els animals salvatges, uns animals que ell s'estimava tant com els Severing, pare i filla. Els homes d'uniforme sempre li semblaven homes domesticats.

La Goldie va explicar què feien allí ella i en Kemba. I s'inquietà:

---

5. Una de les llengües bantus; mot amb què es designa el conjunt de pobles d'Àfrica, al sud de l'Equador, on es parlen llengües d'una mateixa família, però de tipus ètnics molt diversos.

—Passa alguna cosa, capità?

—Sí... Fa una estona, no massa lluny d'aquí, algú ha malferit dos *rangers*! El deuen haver parat, a un control. I els ha disparat.

—Oh, Déu meu! Tenen idea de qui ho ha fet?

—No, senyoreta Goldie... Han volgut dissimular els cossos entre la malesa. Però hem sentit gemegar i hem vist una lleona que arrossegava un dels cossos... I poc després hem trobat l'altre. Facin el favor de tornar de seguida a Queen Dandelion.

En aquell moment es va sentir el soroll d'un avió.

La Goldie i els altres alçaren els ulls. L'avió passava, no gaire alt, en direcció nord-oest.

—Recordo haver vist avions d'aquest tipus fa anys —va dir en Kemba, ignorant el militar i adreçant-se a la Goldie—. Jo era un jovenet com tu... Aleshores era al *Sahel*,[6] amb els meus pares. Hi havia una gran sequera i passàvem una fam terrible... La gent moria com mosques! Un dia, van venir uns quants avions grans com aquest, amb provisions i medicaments. Hi havia avions americans i russos... Aquest és rus. És un avió de transport Antonov.

---

6. És un mot àrab que vol dir «litoral». El Sahel són les zones properes de les costes, a Algèria i Tunísia, i també la zona que voreja el desert del Sàhara cap al sud. Són territoris on la fam sovint fa estralls i on la solidaritat internacional s'ha manifestat a vegades.

3

No voldria pas alarmar ningú —va dir en Sivilles amb el somriure de Clint Eastwood, un somriure que feia quan estava de broma i es volia fer el «dur»—. Res de pànic! Però tenim carburant per a uns deu minuts! El comandant Sivilles i la seva tripulació esperen que hagin tingut un vol agradable, i esperen també tornar-los a veure... No saben pas on, però!

—Que vols espantar en Toni, o què? —respongué en Jackson, que mirava el mapa.

—Espantar-me a mi? —protestà en Toni, bastant espantat—. Si creieu que m'espanto tan fàcilment, feu el favor de baixar una mica més, que em tiraré en marxa.

—Bona idea —digué en Jackson—. Però no serà necessari... Mira això, Toni! Som molt a prop d'on anem, al costat d'un llac; el veus?

En Toni el veia, sí. Sobre el mapa semblava allí mateix. Però, qui sap!... En comptes de posar-se a xiular o cantussejar, com recomanava el seu pare, decidí seguir parlant del que fos, mentre tingués aquell rau-rau persistent a l'estómac:

—Ei! Fa una estona hem passat sobre una planura on hi havia molts cràters... —perfecte, dominava el tremolor de la veu—. I restes de tancs, mig devorats per la vegetació... Es veu que hi ha hagut guerra, per aquí!

—Hi ha hagut molta guerra, en efecte... —respongué en Jackson—. Però el que has vist aquest cop, Toni, no era un camp de batalla... Era un camp de diamants! Els «cràters» eren els pous que hi obren... I els tancs, com dius, eren màquines de perforar, grues, etcètera. El camp potser està fora de servei, de moment. I la humitat que hi ha en aquest país és tan gran, la terra és tan fèrtil, que la vegetació avança de seguida i recupera terreny... Gairebé se la pot veure créixer.

En Jackson va fer una pausa i reprengué tot d'una, com empipat:

—Escolta, Pep... Es pot saber per què has parat els motors del «Chitty-Chitty Bang-Bang»?

—M'agradaria haver-los parat jo, Slim... Però s'han parat sols! I aquí no valen manetes... Valor, amics meus! Em temo que no anirem més a sopar al Motel de l'Empordà. Digueu a la Fanny que el meu darrer pensament ha estat per a ella, sobretot per les factures que li tocarà pagar!

—I com vols que li diguem? Ni en Toni ni jo no portem paracaigudes! No li facis cas, Toni! No caiem en barrina, estem planejant. Ei, mira!... Veus allò que brilla? És el llac Rutanzige, que ens serveix de referència! I allò que es veu a l'altra banda és un altre país: Uganda.

—Gràcies, Slim... Ja veig que em vols distreure perquè no pateixi!

—Qui? Jo? Què va!... Aquest noi és ben malfiat, Pep!

En Sivilles havia exagerat... Els motors s'havien parat, era cert, però per sort a la vertical deguda, i gairebé a l'altitud i en el moment justos. Ara n'hi hauria prou amb baixar planejant. I amb «manetes» i una mica de sort... No hi havia cap raó perquè l'Antonov no pogués aterrar al llarg rectangle de terra batuda que es veia, no gens lluny del llac (tant de bo no estigués gaire enfangada!). Els contrabandistes s'ocupaven de mantenir la pista en condicions... No fins al punt que hi hagués una torre de control, és clar!

En Toni també mirava aquell aeroport de fortuna... El rectangle, prou llarg, a ell li semblà curtíssim perquè hi aterrés la mola de l'Antonov!

Es veia, en un extrem de la pista, un vell avió de transport de la segona guerra mundial, un Fairchild. Amb el buc enorme i panxut, on anaven la tripulació i el carregament, relligat per les ales a dos bucs esvelts que el flanquejaven, l'aparell recordava un borinot gegant. Se'l veia en bon estat, a penes abonyegat, amb les seves hèlices.

L'aeroport semblava desert.

En Sivilles s'estranyà que els tripulants de l'avió sinistrat (que havien sobreviscut, segons el va informar Morrisson Limited, la misteriosa companyia que els havia contractat) no sortissin, ara, a saludar l'avió que venia a rescatar-los.

Després de provar de comunicar per ràdio amb el Fairchild i no rebre resposta, en Sivilles va treure el tren d'aterratge.

—Estem de sort, nois! —digué—. Ho veus, Slim? Tant rondinar, tant rondinar!... L'«antigalla soviètica» encara funciona i tenim rodes i tot! Què més vol el senyor? Es pot dir que ha passat el perill! Però no fumin amb pipa ni s'afluixin els cinturons.

—Els haurem de liquidar! —va murmurar Madame Singh entre les dents serrades, com si pensés en veu alta, mirant cap a l'Antonov, que havia donat una volta sobre l'aeroport i ara s'acostava, cada cop més baix.

En un costat de la pista, entre els mangles i la malesa que la vorejaven, s'havia estès una tela de camuflatge de grans dimensions. Era molt eficaç perquè, des de l'aire, resultava dificilíssim distingir-la de la vegetació. En tot cas, ningú no l'havia vist des de l'Antonov.

El camuflatge cobria els tres *land-rovers*, els que hi viatjaven, i els tres tripulants de l'avió sinistrat que, òbviament, eren homes al servei de Madame Singh.

—No et sento... Què dius, Laila estimada? —preguntà l'home de la cara vermellenca.

—Dic que liquidarem aquests pallussos, estúpid!

Mirant-lo de reüll, al costat d'ella sota el camuflatge, Madame Singh comprovà altre cop, satisfeta, com els insults afermaven, cada vegada més, el seu poder sobre aquell adorador que res no desanimava. Feia pensar en un gos que, sota els cops de fuet, no ensenya mai les dents, sinó que jeu fins a aixafar-se a més no poder contra el terra.

Ara, per exemple, en comptes de defensar-se, no se li va ocórrer res millor que ignorar el nou insult i omplir-la d'elogis:

—Ets fantàstica, Laila Singh! Mai no se m'hauria acudit un pla tan genial... Hauria pogut pensar molt bé a emportar-me d'aquí el carregament de l'avió sinistrat, amb *land-rovers* o a llom de portadors...

—Cosa que hauria resultat lentíssima i aviat t'hauria dut a topar amb els *rangers*, o amb l'exèrcit...

—... però mai no hauria pensat a llogar un avió de transport a una companyia qualsevol... que ara ens ve a recollir i ens portarà, a punta de pistola, amb el carregament de l'altre avió, on vulguem!

—Mai no hi hauries pensat, perquè tu t'ofegues en un got d'aigua, David Pelham! No m'estranya que et fumessin fora del MI 5.[1] Oh, però perdona! No va ser perquè siguis estúpid... Per descobrir que algú és estúpid, cal no ser-ho! I amb els babaus que et voltaven et podies haver mort de vell sense que et descobrissin! Et van fer fora perquè venies informació als russos per treure't un sobresou. I et van enxampar, de tan malament com ho feies.

---

1. Un dels serveis secrets britànics.

—No es va demostrar mai res de tot això, Laila Singh!!...

—És clar, és clar... Perquè els teus superiors immediats també haurien rebut! Desgraciat! Ni tan sols no ets un personatge de Graham Greene... No arribes ni a John Le Carré! Però deixem-ho córrer... Aquí tenim ja aquests cretins de No Sé Quantos Airlines!

—Fem tal i com havies pensat, amor meu?

—Exactament! I prou d'«amor meu», t'he dit!... Així que surtin de l'avió, disparem; m'entens? Dis-pa-rem!!

—Espera!... No n'hi hauria prou estabornint-los? No ho dic per... excés d'escrúpols, Laila, no me'n queden pas gaires. Ho dic, perquè les coses podrien anar-nos malament i les presons dels tròpics són terribles, saps?...

—Calla, covard! A mi no em van mai malament les coses... Fa temps que vaig d'una banda a l'altra del món i que m'emporto allò que vull... I mai no m'han enganxat! No sóc una fracassada com tu, vell estúpid!

—Digues més aviat que ets la filla mimada d'un riquíssim banquer de Singapur, home poderosíssim, amb grans influències arreu del món, que més d'una vegada ha impedit que t'enganxessin. A la nena bonica li agrada jugar amb foc, i el papà li ho permet i fa de bomber! Quant a la vellesa, que tu esmentes insensatament com si fos un insult... Espera, espera!... Arribar a vell és un privilegi, saps? I a tu encara et falten trenta anys per tenir els que jo tinc. Ja veurem si hi arribaràs! Per durar, s'ha d'anar molt amb compte, saps? Oh, però és igual, a tu què t'explico, oi? Ja ho diu Shakespeare: «La joventut està plena de plaers, i la vellesa està plena de precaucions».

—Us en podeu anar ben bé a l'infern, tu i el teu Shakespeare! Quin esnob estàs fet, sigui dit de passada! Mira que citar Shakespeare!...

—I què? És una prova de bon gust i de cultura. Saps a què em refereixo en dir això, oi, amor meu? No ho sembla, si cal jutjar pels decoradors que has escollit per als teus pisos de Londres, de París, de Roma... Que tens molts diners es veu de seguida. Però és l'únic que es veu.

—El que passa és que els ambients que em munto són una mica diferents dels hotels de mala mort del Soho,[2] on vivies quan ens vam conèixer. I em vas dir, per cert, que acabaves de passar tres anys a Wormwood Scrubs,[3] oi? Doncs mira, has de saber que jo, sense tanta cultura ni tan bon gust, no he fet en ma vida ni un sol dia de presó... I així penso seguir, encara que passin trenta anys més.

—Amb el teu respecte per les lleis? Ets ben optimista! Que potser t'has proposat de figurar al Guinness com el delinqüent que sempre queda impune?

—Les fàcils ironies te les pots guardar per a tu! I ara escolta, que continuo: un cop ens hàgim tret de sobre aquests passerells que arriben, carregarem tot el que por-

---

2. Barri del centre de la ciutat de Londres.

3. Una presó britànica.

ta el Fairchild sinistrat al seu aparell, i... adéu, Zaire! Si alguna vegada tenim ganes de tornar-te a veure, mirarem un documental.

L'Antonov corria ja per la pista.

4

Només feia uns segons que l'avió de Carn d'Olla Airlines s'havia aturat, no gaire lluny del Fairchild sinistrat, quan en Sivilles, mirant cap a fora, va dir:

—Això no m'agrada!

—Què et passa, *partner*?[1] —preguntà en Jackson, que arrepapat al seient es desemperesia estirant els braços i les llargues cames de peus calçats amb botes texanes—. Que potser t'has recordat que encara em deus la meitat de la factura que vaig pagar a l'hotel de Kinshasa?

—No estic de broma, Slim... Tenim un comitè de recepció! Han aparegut tres *land-rovers* com per art de màgia... I vénen cap al «Chitty-Chitty»...!

—Oh! Aquí ja deu haver corregut la veu que acaba d'arribar Slim Jackson, el rei de les cançons *country*, i es precipiten a demanar-me autògrafs.

—El que m'inquieta és que es «precipitin»... armats amb *kalashnikovs*! I que no siguin *rangers*, ni soldats.

---

1. Soci, en anglès.

—A veure si hauré de començar a repartir cops de guitarra...

En Sivilles s'adreçà a en Toni:

—De pressa, Toni! Baixa a la cala... Situa't del tot cap a la cua, i amaga't sota l'embalum de les tendes de campanya.

—Amagar-me?? Per què? Jo vull estar amb vosaltres, passi el que passi! No em vull salvar tot sol de res!

—Ben dit, noi! —va dir en Jackson—. M'agrada aquest noi.

—No m'entens, Toni... Pot ser que ens puguis salvar tu, a tots plegats, si passa alguna cosa! Recorda que a la cua, precisament sota l'embalum aquell, hi ha una trapa des d'on es pot saltar a terra... Sabràs fer anar el mecanisme per obrir-la?

—I tant! Però jo...

—A baix de seguida, t'he dit!! És una ordre del comandant Sivilles, amo d'aquesta nau després de Déu!! Segons el que passi ara aquí... surt per la trapa i escapa't, sense que et vegin, per buscar auxili!

—Si de debò us passa alguna cosa, no sé què faré! Però no us penseu que em quedaré amb els braços encreuats! —va dir en Toni, empipat. Obeí rondinant i baixà a la cala, però.

—Ei, Pep! Aquests senyors volen entrar... —va dir en Jackson.

—Caldria ser sord per no sentir com piquen a la porta, Slim! Però no obrirem. Prefereixo que l'abonyeguin, abans que ens abonyeguin a nosaltres.

—Aparta't de la porta!! Veig que un d'aquests bèsties l'està apuntant!!

Va haver-hi un seguit de trets de *kalashnikov* sobre el mecanisme d'obertura. En Sivilles i en Jackson van veure saltar resquills de metall.

—Em temo que això no m'ho voldrà pagar l'assegurança! —es queixà en Sivilles.

—I la meva guitarra, què? Me la pagarà l'assegurança?? Perquè aquesta gent no fa pas cara de ser amant de la música!

La porta de l'avió s'havia entreobert... I l'obriren del tot d'una empenta!

El tipus que havia disparat, el de la samarreta amb Mick Jagger, es disposava a entrar seguit d'algun altre. Però aleshores, a l'angle de visió d'en Sivilles i el seu soci hi va irrompre un nou personatge... Era una dona de cabells negríssims —de segur que era una eurasiàtica, a jutjar per les seves faccions lleugerament orientals— que els semblà bellíssima, malgrat tenir la cara distorsionada per la ràbia.

La dona, amb una camisa de seda negra brodada, pantalons i botes de muntar, empunyava un fuet. I plantant-se d'un salt al costat del tipus que havia disparat, el fueteja dos cops al clatell, tot cridant:

—T'arrencaré les orelles, gos!! Qui t'ha manat disparar contra la porta?? És que no saps que és amb aquest avió, com hem de sortir d'aquí??

En sentir allò, en Sivilles i en Jackson van bescanviar un esguard de sorpresa.

Ara la dona els mirava a través de la porta.

—*Hands up!*[2] —cridà.

I tombant-se cap als seus esbirros digué:

—Vinga, estúpids! Feu baixar de seguida aquests dos estaquirots!

A punta de pistola, els dos socis de Carn d'Olla Airlines van saltar de l'Antonov amb les mans enlaire.

—Com penseu reparar aquesta porta? —els preguntà l'eurasiàtica. Els tres tripulants del Fairchild també havien entrat en escena. S'havien acostat i miraven críticament els desperfectes.

—Ah! Però... L'hem de reparar nosaltres? —preguntà en Sivilles, també en anglès—. Repari-la vostè mateixa, ja que l'ha trencat!

L'eurasiàtica el va fuetejar com havia fet amb el que havia disparat.

—Jo no he trencat res, estúpid! Vigila la llengua si la vols conservar!

En Jackson va avançar un pas, abaixant les mans, amb la intenció d'arrencar-li el fuet. Però es trobà amb dos canons de *kalashnikov* que se li clavaven al pit.

—Molt bé, molt bé! No ens embalem! —va dir; i adreçant-se a la dona digué—: El senyor Morrisson, suposo? O molt m'equivoco o vostè és el senyor George Morrisson,

2. Mans enlaire!, en anglès.

de Morrisson Limited, Londres, que ha llogat els serveis de Carn d'Olla Airlines per rescatar un Fairchild caigut al Zaire, a prop de les Muntanyes Virunga... Encantat de conèixer-lo, senyor Morrisson!

Els mots d'en Jackson i el to mofeta que solia emprar van deixar, de primer, sorpresa Madame Singh. Després, blanca de ràbia, ensenyà les dents, com si es disposés a saltar a la jugular del nord-americà. Anava a dir alguna cosa, però ara va ser en Sivilles qui es dirigí a ella, tot passant-se la mà per la cara, on encara es veia la marca del fuet:

—Ei, senyor Morrisson, veig que va vestit per muntar a cavall... Que me'l podria presentar? Segurament podríem parlar amb ell, perquè estic segur que serà menys animal que tots vostès!

Aquest cop, l'eurasiàtica es tragué una pistola russa Tokarev que duia penjant de la cintura. Però l'home de la cara vermellenca, que s'havia acostat a ella, impedí amb un gest suau que disparés contra en Sivilles.

—Calma, amor meu —va dir—. Aquests senyors només volen riure una mica...

Aprofitant l'ocasió per fer-se veure davant la seva adorada, David Pelham avançà cap a en Jackson fent el pinxo i es va treure, d'una butxaca de la seva sahariana caqui d'algun exèrcit, un *black-jack*, una porra curta però massissa que, ben manejada, podia estabornir un bou.

—El que passa és que per riure cal tenir dents... I t'aviso que si no t'adreces a aquesta senyora amb més respecte, sense res del tipus d'aquesta broma pueril que has iniciat del «senyor Morrisson», les teves dents les hauràs de recollir de terra, una per una... M'entens??

Agità la porra davant la cara d'en Jackson, que no es va moure ni un mil·límetre —i ensenyà, a més, provocadorament les dents— i va bramar:

—Ho entens bé, maleït imbècil?!

—No, per favor! —digué en Sivilles, com espantat—. No li pegui, pobre noi! On va a parar! Tan jove i sense dents!!

I adreçant-se a Madame Singh:

—Senyor Morrisson! Senyor Morrisson! Digui-li que no li faci això, pobre! Que volen que hagi de menjar sopes tota la vida?...

Tant Madame Singh com l'home de la cara vermellenca es van quedar desconcertats amb allò.

Més enllà, en Sivilles, que sabia molt bé per què ell i el seu soci distreien l'atenció dels presents amb tanta comèdia, mirava dissimuladament cap a la cua de l'Antonov. Acabava de veure, a sota, la silueta de les cames d'en Toni, que sortia per la trapa.

—Sabeu què us dic?? —cridà fortíssimament en Sivilles—. Que això és insuportable!! Que algú hauria d'anar, corrents, però corrents, eh?, a avisar els *rangers*, l'exèrcit, qui sigui!!! Vinga, corrents!!! De seguida!!! Que vingui qui sigui!!!

I llançant tot d'una un esgarip esglaiador, en Sivilles va fer una mena de salt mortal sobre si mateix, es tirà a terra i començà a rodolar a dreta i esquerra, llançant escuma per la boca.

Aquella intervenció fulminant, d'una persona que semblava víctima d'un sobtat rampell de bogeria, no tan sols impedí possiblement que l'home de la cara vermellenca trenqués les dents d'en Jackson amb la porra. També va distreure encara més l'atenció de tothom, i va impedir que es veiés com en Toni s'arrossegava sota l'avió, s'aixecava a uns metres d'ell i aconseguia perdre's de vista entre uns arbustos.

—Oh, pobre amic meu!! —cridà en Jackson, no menys sobtadament—. Un altre cop li ha vingut l'atac cruel!! Deixeu-me ocupar d'ell!!

I abans que ningú no ho impedís, en Jackson es deixà caure al costat d'en Sivilles, que continuava fent el teatre d'una mena de crisi d'epilèpsia.

—Para ja, Pep, que et donaran l'Oscar! —murmurà en Jackson, a qui s'escapava el riure.

—No riguis, que m'espatllaràs l'actuació! —s'indignà l'altre.

—Emmanilleu-me aquest parell de farsants! I cap a l'avió! —cridà l'home de la cara vermellenca, com si temés que Madame Singh disparés sobre ambdós homes allí mateix—. Que algú comenci a arreglar aquesta porta! I els altres, que vagin carregant tot el que hi ha al Fairchild.

—Però, per què tanta pressa, David Pelham?! —esclatà Madame Singh—. I per què oblides que aquí sóc jo qui dóna les ordres??

—No ho oblido, Laila Singh! Però tu no oblidis tampoc que hem de sortir d'aquí de seguida... És un miracle que encara no hàgim topat amb més *rangers*, o amb l'exèrcit! A hores d'ara, ens deu estar buscant molta gent! Si no ens han trobat encara, deu ser perquè les coses estan més desorganitzades que mai, en aquest país, entre altres coses amb aquesta dèria que els ha entrat de no pagar els funcionaris públics des de fa temps... Però no ens adormim, que ens enganxaran i de res no ens valdrà dur tota la documentació en regla!

—Calla ja, ocellot de mal averany! —cridà l'eurasiàtica—. A mi no em passen aquests fracassos!

Mentre els emmanillaven, en Jackson va dir a l'orella del seu amic i soci:

—Com es posaran, quan descobreixin que no vam poder carregar carburant, i que estem més secs que el desert de Kalahari! Espero que en Toni torni amb socors, abans que ens matin.

5

Algú hauria d'anar corrents, però corrents, eh?, a avisar els *rangers*, l'exèrcit, qui sigui!!!...

Era fàcil de dir, pensava en Toni, mentre s'allunyava a tota pressa, corrent mig ajupit d'un lloc a l'altre que oferís un mínim amagatall, corrent per la sabana[1] i la selva cap al llac.

A uns tres-cents metres, l'extensió d'aigua brillava al sol com un formidable mirall que reflectís el cel.

Era fàcil de dir, sí. Però no hi havia ni una ànima a la vista, a part dels animalons que fugien sota el fullatge, espantats per les passes d'en Toni. Encara gràcies que la vegetació, allí, no fos inextricable i permetés avançar tan de pressa!

Què passaria més endavant si s'havia de ficar a la selva?

Cap on anar? Què fer?

---

1. Prat de les regions tropicals, sovint amb arbres dispersos.

En Toni, en aquells moments, no sentia cap preocupació per ell mateix. Només pensava en els amics... A aconseguir socors al més aviat possible! Era perill de mort, el que corrien; n'estava segur.

Sota l'Antonov, mentre es preparava a fugir arrossegant-se a l'estil apatxe en una pel·li de l'Oest, en Toni havia sentit un bon tros de la «representació teatral» d'ambdós socis... Quins comediants!

La Fanny tenia ben bé raó de comparar-los als «pallassos de la tele». Però eren uns «pallassos» d'allò més seriosos a l'hora de sortir-se amb la seva i distreure l'atenció de l'«enemic»! Distreure-la de la fuga d'en Toni, en aquell cas.

Ara havia de trobar algú!

Devia haver-hi gent, a les riberes del llac. Gent que pogués dir-li on eren els *rangers*, o els soldats...

En Jackson, que ja coneixia el Zaire, havia parlat un dia de pescadors que, amb les seves canoes, acudien a vendre peix i mandioca[2] als passatgers dels vapors que remuntaven el gran riu Zaire, antic riu Congo. Era una via fluvial importantíssima per al transport, en un país on hi havia poques carreteres i pistes. A més, les pluges les enfangaven increïblement durant la *wet season* —com deia en Jackson—, l'estació humida, i les tornaven intransitables.

2. Arbust de l'arrel del qual s'obté midó, farina i tapioca.

També havia parlat de pescadors a totes les riberes del seguit de llacs que hi havia, paral·lelament als Monts del Mitumba, fins a les Muntanyes de la Lluna del massís de Ruwenzori; un massís que els nadius anomenaven el Pare de les Pluges.

Els llacs anaven des del Mweru i el gegant Tanganyika, fins al Mobutu Sese Seko (antic llac Albert), passant pel Kivu (on milers de morts havien aparegut, flotant, durant la guerra de Ruanda) i el Rutanzige.

El llac del qual en Toni era ara tan a prop, és a dir aquell Rutanzige (antic llac Idi Amin Dada i llac Edward, ja que decididament al Zaire, com a tot arreu, la toponímia anava canviant segons uns o altres manaven) no podia ser una excepció: també hi hauria pescadors... I aquells pescadors li dirien on podia trobar ajut: *rangers*, soldats, el que fos...

Però arribat a la ribera, no va veure ningú.

El que sí que va veure —no sense una esgarrifança—, prenent pacíficament el sol, van ser uns quants cocodrils.

Els rèptils semblaven dormir. Alguns tenien, al damunt de la pell rugosa i amb les típiques crestes, uns ocells, no gaire grossos, que els recorrien, saltironant. Els grans saures els deixaven aproximar, perquè els alliberaven de paràsits, animals i vegetals, i alhora ells se n'alimentaven; una de tantes simbiosis, entre éssers ben diferents, que oferia la naturalesa.

En Toni anava amb compte on posava els peus, entre les altes falgueres. S'allunyà sobretot dels llocs on el terra, en la proximitat del llac, es tornava aiguamoll.

El sol era molt fort, la correguda havia fatigat bastant el noi, que suava —d'angúnia també!— i sentia com els cabells se li enganxaven al front.

Buscà l'ombra d'una ceiba altíssima, que semblava voler arribar als núvols, i s'hi repenjà per recuperar la respiració. I quan es preguntava quina direcció prendre, una cosa li va caure al cap i rebotà: era una fruita de l'arbre.

Aleshores, alçà els ulls i va veure el mico.

Era un ximpanzé! Des de les primeres branques de la ceiba es disposava a tirar-li una altra fruita. Però el ximpanzé no semblava agressiu, sinó més aviat enjogassat, mentre la deixava caure...

Allò no va ser el més sorprenent, però... El més sorprenent va ser que el mico es mirà el noi de fit a fit, i va començar a fer gestos estranys amb totes quatre «mans».

En Toni es deia que allò era impossible... Però aquells gestos el van fer pensar en el llenguatge dels sordmuts! «No pot ser, estic somiant!», es va dir veient que el ximpanzé parava de fer signes, es quedava com expectant, i iniciava una mena de protesta sorollosa, com si hagués esperat una resposta i ara manifestés la seva decepció.

—Eh! Què passa, noi? Em vols dir alguna cosa, ja ho veig... Però ets més intel·ligent que jo, amb aquest llenguatge... Jo no l'entenc!

El ximpanzé va obrir uns ulls com unes taronges en sentir-lo. En Toni es posà a fer gestos a l'atzar. I altra vegada el mico protestà. Ara ensenyava uns ullals respectables! I tot d'una va fer dos gestos més d'aquells. I en no rebre la resposta que volia, començà a baixar al llarg d'una liana, tot estarrufat i ensenyant les dents al noi.

—Ara ve quan el maten!... —murmurà en Toni, buscant amb els ulls una pedra, una branca, qualsevol cosa per defensar-se.

I en aquell moment es va sentir un toc de xiulet. I un altre, i un altre...

Oblidant-se del noi, el quadrumà es deixà caure a terra... S'aturà un moment, indecís. Però en sentir més tocs de xiulet, començà a córrer en la direcció d'on venien.

En Toni s'esforçà per seguir-lo... Una persona feia sonar el xiulet, és clar. I l'informaria d'on havia de dirigir-se per ajudar els amics!

Hi havia cada cop més arbustos, alguns amb punxes; un tipus d'esbarzer que, segons en Jackson, els nadius anomenaven «espera't-una-mica», perquè et retenia quan passaves. En Toni maldava per no punxar-se i per no perdre de vista el mico, que, sobre quatre extremitats, corria més de pressa, es digué, que si fos Carl Lewis!

I de sobte, entre el fullatge, mig va entreveure com el ximpanzé es parava un moment, feia com unes rialles d'alegria, i es posava a saltar, embogit, agafat a alguna cosa... Una persona! Una persona que parlava molt afectuosament, en anglès, amb l'animal.

—Mik-Mik! Que contenta estic! Ets molt dolent, Mik-Mik! Em pensava que ja no et tornaria a veure... Hi ha molts lleopards, per aquí, i esmorzen i berenen amb micos tan despistats com tu... Quina sort, que t'he trobat!...

Era una noia. De tan rossa, semblava albina... I tenia els ulls més blaus i la cara més bonica que en Toni mai no havia vist.

La va veure fer tota una sèrie de signes... I el mico li contestà de la mateixa manera!

Ara ella, com si tot allò fos la cosa més normal del món, es mirà el noi, interrogant:

—I tu... D'on surts?!

—Vinc de l'aeroport que hi ha a prop d'aquí... —va dir, fent un esforç per recordar tot l'anglès que sabia—. Em dic Toni Martí...

Per sort, l'havia estudiat amb interès i sabia dir alguna cosa més que el famós «My taylor is rich», o «La meva tia és al jardí».

—Jo em dic Goldie Severing...

—Encantat de conèixer-te, Goldie! I molt content de trobar-te aquí! Escolta, perdona'm però tinc un problema urgent... Els meus amics han caigut en mans d'uns bandits... Necessitaria que em diguessis on puc trobar ara mateix policies, soldats... És molt urgent, et repeteixo!

La Goldie dubtà uns segons, a penes.

—Segueix-me... M'has dit que et deies Toni, oi? D'on ets, Toni?

Avançaven a bon pas, seguits pel ximpanzé. La Goldie semblava conèixer el terreny a la perfecció.

—Sóc d'un lloc que es diu Catalunya...

—Oh! Catalunya! N'he sentit a parlar... La professora de literatura ens va fer llegir *Hommage to Catalonia*, de George Orwell... I després he sentit a parlar de Barcelona, i dels jocs olímpics. Ei! Què vols, Mik-Mik?? Què proves de dir-me? Un arbre... Sí, ho entenc: tu, a dalt d'un arbre... I què més? El noi sota l'arbre... I què?

—És fantàstic! Ara entenc per què feia tots aquells gestos... T'explica com ens vam conèixer! Ell era a dalt d'un arbre, jo era a sota i em va tirar una fruita... Després va baixar... Noia, amb això ha quedat ben demostrat, per a mi, que l'home i el mico vénen del mateix tronc!

Com que l'anglès d'en Toni no era dels millors, allò que ell trobava força enginyós no va quedar gens clar. I menys clar encara, quan provà d'explicar-ho de nou... El fet de veure's incapaços d'entendre's en aquell cas, mentre el ximpanzé tornava a donar per signes la seva versió de la trobada, va fer que la Goldie i en Toni es posessin a riure, i fessin alegrement entrexocar els palmells de les mans... «Déu meu! Encara és més bonica quan riu!», pensà ell. «Té unes dents precioses!», es digué ella.

Veient que la cara del noi recuperava una expressió preocupada, la Goldie va dir:

—Ja estem arribant a la caserna dels *rangers*; la veus entre els ocumés?

—Vols dir aquells arbres...

—Vull dir aquells arbres, sí... Saps el contraplacat? El fan de la seva fusta. Però anem a la caserna.

Moments després, la Goldie demanava pel capità Tambo.

Al pati de la caserna, una mena de fortí colonial típic que havia passat dels belgues als zairesos en proclamar-se la independència, en Toni explicà al capità, no sense dificultats, tot el que havia passat. La noia, que duia Mik-Mik agafat de la mà, l'ajudava de tant en tant.

—Però, Goldie! —va dir el noi, en un moment en què el capità donava ordres per ràdio—. Com és possible que endevinis el que vull dir? Que potser ets telèpata?

—Oh, qui sap! —va dir ella, fent-se la misteriosa. S'agafava un llarg ble de cabells rossos i hi jugava, tot mirant en Toni entremaliadament. Al noi li va fer com una mena de fiblada el cor.

En un llibre de «comunicació no verbal», que havia comentat un psicòleg que havia anat a fer una conferència a l'institut, a Barcelona, ja feia temps, aquell gest era definit com una mostra d'interès particular d'una dona envers un home... En Toni, de l'emoció, es va quedar mig somnàmbul.

—Ei, desperta't! —va dir ella, encantada de veure l'efecte que li feia—. Que ja torna el capità Tambo. Escolta, Toni, no és que jo endevini el que penses —afegí rient—. És el Mik-Mik qui ho endevina i m'ho va dient per signes, en *ameslan*.

—Doncs m'hauràs d'ensenyar... l'*ameslan* a mi també! —va dir en Toni, seguint la broma.

—Una patrulla ja va cap a l'aeroport on han quedat els teus amics... —digué Tambo al noi—. Ara hi aniré jo també, amb alguns altres.

—Oh, vull venir amb vostès, per favor! Em sento molt malament, lluny dels amics en el moment en què es troben en perill. I estic molt inquiet per ells!

—Molt bé, Toni... Pots venir. A condició que, en tot moment, facis el que et diguem.

La Goldie havia anat a telefonar a Queen Dandelion. Va tornar amb la cara llarga.

—El meu pare està indignat perquè he sortit sola de la granja, de bona hora, a veure si trobava el Mik-Mik... Diu que en Kemba m'està buscant pertot arreu! Ja els coneixeràs, Toni... En Kemba viu amb nosaltres, des d'abans que jo nasqués, quan encara la malària[3] no s'havia endut la meva mare.

Una mena d'ombra va enfosquir els seus ulls tan blaus, i continuà:

—Tornant a en Kemba, hi va haver una rebel·lió dels tuaregs contra els soldats francesos, saps? Al desert, al peu de les Muntanyes Blaves... I el meu pare i un coronel francès van intervenir quan un escamot d'afusellament anava a executar en Kemba, que no havia fet res més que defensar-se.

---

3. Malaltia infecciosa transmesa a l'ésser humà per mosquits del gènere *Anopheles*.

Des d'aleshores, en Kemba no s'ha separat mai més del pare. A mi em va ensenyar a caminar, com aquell que diu... I també molts poemes àrabs, entre altres coses. En Kemba i la seva dona... Bé, potser més val que digui les seves dones!... són com de la família.

Va afegir, adreçant-se al capità Tambo:

—M'agradaria molt venir amb vostès, però ja sé que no m'ho permetrien... A més, el meu pare em fa demanarli que em deixin a l'entrada de la granja.

En Toni no podia apartar els ulls d'ella! Una vegada, els esguards es van creuar, perquè un no pensava que l'altra el mirava en aquell moment. I ambdós es van somriure amb l'expressió —no precisament de gran intel·ligència— que se sol tenir en aquests casos, mentre s'anaven posant vermells. Finalment, es trobaren tan beneits, que els va agafar un atac de riure incontenible...

Mentre muntaven en un jeep dels *rangers*, la Goldie va dir al noi, amb llàgrimes als ulls encara de tant riure:

—No creguis que ens direm adéu avui, Toni! Perquè has de venir a Queen Dandelion, amb els teus amics... El meu pare no em perdonaria que no us invités. I a mi m'encantaria tornar-te a veure.

En Toni es va sentir flotar, com si hagués anat a bord de l'«Apolo XIII», rumb a la lluna. Però quan el jeep ja arrencava —en Toni i la Goldie anaven asseguts l'un al costat de l'altra—, ella va dir, baixet:

—Toni... Oi, que és molt guapo?

—Qui?

—El capità Tambo, qui ha de ser!

—Oh... Potser sí. Però és massa gran per a tu!!

I mentre s'allunyaven de la caserna, en Toni es quedà estranyat d'haver dit allò tan de pressa, i amb tanta vehemència. Semblava com si ho hagués dit un altre Toni.

6

Després de deixar la Goldie Severing i el seu ximpanzé a Queen Dandelion, la granja del professor Severing, el capità Tambo i una vintena de *rangers*, tots muntats en jeeps, es van dirigir cap a l'aeroport, que no era gaire lluny d'allí.

Ara, en Toni anava assegut al costat del capità, en el vehicle que obria la marxa. I quan faltava poc per arribar, el capità començà a prendre precaucions. Va fer parar la caravana i envià quatre dels seus homes com a exploradors.

S'havia fet fosc tan de pressa com sempre, en aquell país, i hi havia una mitja lluna en quart minvant. Amb la nit i les seves boires, semblava augmentar la humitat i baixava la temperatura.

El capità havia manat no encendre cap far, ni cap altre llum, ni fer cap soroll, i els exploradors s'allunyaren caminant, tan silenciosos com els depredadors que sortien a buscar menjar en aquella hora; un «menjar» espantadís, al qual calia acostar-se amb moltes precaucions... i tenint el vent en contra, perquè cap efluvi del caçador no el pogués posar en guàrdia.

De tant en tant, entre tots els esgarips d'ocells nocturns i altres sorolls que portava el vent fresc de la nit amb l'olor inoblidable de la selva, destacaven crits d'agonia d'algun ésser en el qual es complia, sobtadament, l'habitual llei de l'urpa i l'ullal, la llei de la pròpia supervivència a costa de qui fos i del que fos... Una llei de la naturalesa, certament cruel des d'un punt de vista humanitari, contra la qual, al llarg dels mil·lennis, allò que hi havia de més noble i generós en el cor d'algunes persones s'havia sublevat i havia lluitat —i encara ho feia— per no veure-s'hi sotmès, per incorporar en definitiva a la naturalesa coses que no existien abans que els homes —o que potser existien molt difusament—, nocions de justícia, per exemple, d'equitat i de compassió envers els més febles.

Res del que passava a la selva, però, entre els animals, per cruel que semblés, mai no alterava el gran equilibri natural. Només l'alterava —encara que hauria estat injust generalitzar, i no fer les distincions que s'imposaven— la presència dels homes.

Els homes, quan no es feien la guerra de sempre, que arrossegaven des del principi dels temps —sense que allò que més els honorava, és a dir, la capacitat d'estimar, la pràctica de l'ètica, de la justícia, de la solidaritat, hagués estat capaç encara, a la darreria del segle XX, de vèncer l'egoisme, l'ambició desmesurada, l'afany de poder, la rapacitat sense fre, motius tots ells de la majoria dels conflictes—, es dedicaven massa sovint a matar animals. (A l'Àfrica, per exemple, en comptes d'acontentar-se fotografiant-los, perseguien els darrers elefants, els darrers rinoceronts, els darrers goril·les...)

Es dedicaven també a enrarir l'atmosfera tallant a tort i a dret —a causa dels mesquins negocis particulars de costum— els arbres que, a les selves plujoses, a l'Àfrica i en altres llocs, produïen oxigen per a tota la humanitat. I amb les seves indústries i els seus vehicles (i tants estris sovint perfectament innecessaris, si no era pels interessos d'un consumisme forassenyat) corrompien l'aigua límpida de mars, rius i llacs, i engrandien el forat de la capa d'ozó.

Feien així, imperdonablement, cada cop més vulnerable la Terra (aquell «puntet blau pàl·lid», com deia Carl Sagan,[1] perdut en l'infinit, que era, per a tots, l'única llar coneguda) als raigs ardents, vinguts de l'espai exterior, que amenaçaven de transformar-la en un immens hivernacle asfixiant.

Malgrat les advertències de savis internacionalment coneguts —com el pare de la Goldie, el professor Severing,

---

1. Director del Laboratori d'Estudis Planetaris i professor d'Astronomia i Ciències de l'Espai de la Universitat de Cornell. Ha escrit nombrosos llibres científics i de divulgació. És autor de la sèrie televisiva «Cosmos», una de les obres de divulgació científica més extraordinàries, i que més difusió ha tingut, dels temps moderns. El 1975 va rebre el Premi Joseph Priestley «per contribucions eminents al benestar de la humanitat» i, el 1978, el Premi Pulitzer de Literatura.

per exemple—, entre els quals hi havia no pocs premis Nobel, i d'una gran quantitat de persones que entenien el problema i maldaven per resoldre'l, la marxa cap al desastre ecològic continuava. La influència de poderosíssimes minories que només pensaven en els seus interessos financers particulars, i que actuaven vandàlicament en conseqüència —a vegades amb la complicitat de governs—, havia estat i era més forta que tot, fins al moment.

I amb aquell llast tan evident i escandalós contra la vida del planeta i la humanitat que el poblava (amb tota una sèrie de problemes que s'haurien pogut resoldre amb bona voluntat, però que alguns que en treien benefici preferien presentar com si fossin coses fatals i inevitables) s'estava a punt d'entrar en el segle XXI!

Val a dir que seria contra la voluntat d'alguns milions de persones que, per sort, tenien consciència del que passava, i també valor, i idealisme moral, i no deixarien d'expressar —tant de bo que sempre amb les armes incruentes de la no-violència— la seva protesta. Des dels temps de les cavernes i la barbàrie pràcticament absoluta, era gràcies a l'acció de persones d'aquella mena que la civilització havia anat avançant. Tot el que a la Terra hi havia de llibertat, igualtat i solidaritat, es devia a elles.

Mentre esperaven que tornessin els *rangers* enviats a explorar, el capità i en Toni van conversar una bona estona.

El noi no es volia confessar a si mateix que, des que la Goldie s'havia mostrat tan admirativa envers el capità, ell se'l mirava amb menys simpatia. Però, de mica en mica, la simpatia i cordialitat de Tambo va dissipar allò. A més, ambdós es van descobrir interessos comuns: la música *country* i Emmylou Harris! També Whitney Houston (quan el capità va pronunciar-ne el nom, se li van posar per un moment els ulls en blanc!) i fins i tot algunes coses de rock i música *techno*...

També, més greument, van parlar dels estralls interètnics que hi havia hagut a la veïna Ruanda. I dels dos milions de ruandesos refugiats al Zaire que, en aquells moments, vivien en condicions infrahumanes, i que es volia fer tornar per força al seu país.

En Toni observà que el capità, com a home que vivia en una dictadura, s'estava de criticar les autoritats i d'abordar segons quins temes davant d'un estranger... Ho va comprendre bastant perquè, abans de morir, el seu avi matern li havia explicat què havia significat viure a Espanya, durant molts anys, sense les llibertats fonamentals d'un Estat de dret, amb les cultures i les llengües d'algunes nacions ibèriques perseguides criminalment per una policia política que només havia de donar comptes al dictador.

Finalment, preguntà al capità:

—I vostè, com creu que els països desenvolupats podrien ajudar millor els països del Tercer Món? Per exemple, com s'hauria de fer perquè la gent no se sentís forçada a desarrelar-se del seu país, emigrant tant sí com no per poder viure millor?

—Et diré el que diu el professor Severing, el pare de la Goldie. Com millor poden ajudar és deixant-nos tranquils, si és que no volen fer realment alguna cosa positiva, com el que fan els Metges Sense Fronteres i altres, i molts voluntaris d'ONG... També, pagant les nostres matèries primeres al preu que valen de debò... I sobretot, deixant de guanyar fortunes immenses venent-nos armes sense parar! Ho han fet a Somàlia i també a Ruanda... I a Bòsnia!... Ho fan empreses privades, però també governs! Així fan negocis fabulosos i fan rutllar les seves indústries... Però augmenten cada cop més la nostra desgràcia! Mira, en aquests moments hi ha enfrontaments entre l'exèrcit del Zaire i una guerrilla ruandesa... No cal que et digui que cap de les armes que s'utilitzen no ha estat fabricada aquí!

Els exploradors tornaven ja de l'aeroport...

Duien una notícia sorprenent i inesperada.

Allí no hi havien trobat ningú!

Quedaven l'Antonov i el Fairchild, el primer sense una gota de carburant i el segon amb una quantitat insignificant. Ambdós sense cap persona a bord.

I els *land-rovers* de Madame Singh havien desaparegut!

Una notícia més deixà en Toni ben sorprès: el carregament del Fairchild que havia de recollir Carn d'Olla Airlines no era ni «productes electrònics valuosíssims», ni armes de contraban... Consistia en animals protegits, sovint en vies d'extinció, la cacera i l'exportació dels quals estaven prohibides per la llei zairesa.

Els bandits n'haurien tret una fortuna venent-los clandestinament a Europa a persones sense escrúpols.

Hi havia un gran potencial, desgraciadament, de clients capriciosos que s'enamoraven d'un animal —exòtic o no—, el tenien com si fos una joguina o un trofeu —i no pas un ésser viu amb memòria i sentiments— i acabaven abandonant-lo, o desfent-se'n com fos.

El que explicaven els exploradors era ben clar: el Fairchild era una mena d'Arca de Noè amb ales!

Havien trobat els animals en gàbies, mig morts de gana i mig deshidratats, gairebé sense menjar ni aigua... Calia ocupar-se'n de seguida o moririen tots de mica en mica.

—És clar que sí! —afirmà en Toni—. Però, i els meus amics?? No faig més que pensar en ells!

—M'ho imagino, Toni... Acabarem trobant-los, estigues tranquil. *Rangers* i soldats de l'exèrcit estan buscant-los per tot el territori... I als territoris veïns, també hi ha qui se'n preocupa. Aviat sabrem alguna cosa.

El capità Tambo no ho volia dir al noi... Però el que temia era que els bandits, en trobar-se atrapats per la falta de carburant i la dificultat de comprar-ne una quantitat tan gran com la que necessitaven sense despertar sospites, no haguessin decidit abandonar-ho tot i fugir... Potser ja havien travessat la frontera amb els seus *land-rovers* i es trobaven a Uganda, o al Sudan, en aquells moments.

Temia igualment que els dos amics del noi no fossin ja morts.

Els superiors del capità, a Kisangani i a Goma, a qui Tambo no havia deixat de consultar per ràdio, havien trobat en els seus arxius la traça d'una certa Madame Knut... O Madame Kalashnikov... que recordava molt la dona que havia pogut entreveure i sentir en Toni, quan s'havia escapat de l'Antonov.

Es tractava d'una perillosíssima delinqüent, la qual també anomenaven «La Serp». Per allà on passava, fent sempre malifetes amb una audàcia insensata i una sort increïble, deixava un rastre de sang. I mai no havien aconseguit enxampar-la.

—Ah, Toni... M'oblidava de dir-te que el professor Severing ha deixat un missatge que et concerneix. Estàs invitat a sopar a Queen Dandelion i t'hi podràs quedar a dormir, aquesta nit. Ara t'hi portaré!

La pena tan gran que causava a en Toni el fet de no estar amb els seus amics, ni tenir-ne notícia, es va alleujar una mica amb el pensament de tornar a veure la Goldie.

7

Em sembla que no ho he entès bé! —va dir en Sivilles.

L'home de la cara vermellenca el va mirar de mala manera.

—Vostè no té per què entendre res! Limiti's a estar-se quiet i a filar dret, si vol sortir viu d'aquesta història.

—I vostè, Pelham? No pensa en vostè? El... «senyor Morrisson» delira!... A hores d'ara tots els *rangers* i tot l'exèrcit del Zaire probablement ens busquen. I resulta que... el «senyor Morrisson» té el caprici d'anar a les Muntanyes Virunga, a caçar un bebè goril·la, per completar el zoo que segons m'ha dit vostè, tenen al Fairchild!

—Deixi de referir-se a Madame Singh com «el senyor Morrisson»!! —esclatà Pelham, traient el *black-jack* de la seva sahariana.

—Què passa? M'amenaça de trencar-me les dents, a mi també?? El que hauria de fer és posar-se d'acord amb mi, i amb el meu copilot! El... «senyor Morrisson» està com una cabra siamesa si pensa, primer, caçar el goril·la; segon, tornar cap a l'aeroport sense ensopegar amb la policia o els soldats, i tercer i quart, carregar més carburant del que ja tenen, i emprendre el vol amb l'Antonov per aterrar tranquil·lament a Kinshasa, i des d'allí continuar cap a Europa, com si no passés res... Baixi dels núvols, Pelham! Ajudi'm a posar una camisa de força a aquesta senyoreta, i quan a vostè li facin el judici, que no deixaran de fer-li, jo diré al tribunal que es va mostrar cooperatiu.

En Sivilles anava emmanillat. David Pelham conduïa. El tipus de la samarreta de Mick Jagger i un altre bandit, un brasiler a qui anomenaven «Tiro Seco», estaven asseguts al darrere.

El *land-rover* obria la marxa... Tres vehicles més el seguien. Avançaven tots quatre pesadament, vorejant el Parc Nacional de Virunga per no topar amb controls. Anaven carregats de carburant, a més de les persones, per una pista de terra batuda, bastant enfangada, no lluny del llac de Rutanzige.

Arribaven a la fi de la pista... Per ser exactes, sota un punt determinat del massís de Virunga. Aquelles muntanyes volcàniques —i més enllà les del Ruwenzori— oferien un espectacle de bellesa corprenedora.

El sol, a punt de desaparèixer —ho faria d'un moment a l'altre, tan sobtadament com sempre—, feia brillar encara els cims nevats. Aquella darrera llum, com si es fes més intensa per escapar-se de la inevitable nit que venia, els arrencava lluïssors blanquíssimes, rosades, verdes, violetes... I tot plegat destacava contra un cel tan fosc que feia pensar en l'últim dia del món.

—Ei, Pelham! Que l'ha picat la mosca tse-tse, o què? No s'adormi! Que ens vol treure de la carretera?

—No m'adormia!

—Està rebentat... Reconegui que ja és massa gran per a aquestes històries. A més, jo de vostè no hauria deixat anar la bruixa aquesta... perdoni, vull dir la seva enamorada!... al vehicle de davant, asseguda al costat d'en Jackson. És un home molt perillós, en Jackson, per a les senyoretes... Encara que portin una armadura d'acer i ell vagi emmanillat. Quan els canta una cançó *country* de les seves, perden l'oremus i...

—Calli d'una vegada, o...!!!

—Em farà emmordassar? Vinga, Pelham!... Sigui un home que actua per si mateix, i no un titella manipulat per aquesta nena de papà mimada... M'ho ha explicat vostè mateix, no?? Vinga, accepti la proposició que li he fet fa una estona!

Per tota resposta, l'home de la cara vermellenca es tragué la porra i pegà un cop fortíssim, que en Sivilles va esquivar deixant-se caure de costat. Pelham alçà un altre cop el *black-jack*, però es va contenir.

—Vagi amb compte, Sivilles! Pensi que si encara és viu és gràcies a mi... Fins ara he pogut convèncer Madame Singh perquè vostès dos vinguin amb nosaltres, com a ostatges, per si de cas ensopeguem amb algú...

—Pobre Pelham! —va dir en Sivilles alçant-se com podia, somrient—. Si no el maten, morirà de vell a la presó, per culpa d'aquesta dona. És com la història de Manon i el cavaller Des Grieux...[1] Però, amb altres crims que els de l'amor! Amb assassinats!! Només fa falta veure com la mira, per adonar-se que està boig per ella! I que ella té un poder absolut sobre vostè... No li cal ni parlar. En té prou donant un cop d'ull, movent un dit!... Em fa llàstima, Pelham! Vostè no és del tot imbècil. Però em recorda allò que diuen els francesos: l'amor torna estúpids els intel·ligents!

Amb les dents serrades de ràbia, contenint-se difícilment, David Pelham, més vermell que mai, es va tapar les orelles per no sentir més aquella veu de burla, que no podia fer callar a cops de porra, i que li feia més mal que si li perforessin els timpans amb una barrina.

Madame Singh duia un preciós sari[2] indi, i anava embolcallada amb un gran abric de pell de guineus argentades,

---

1. Protagonistes de la novel·la *Manon Lescaut*, publicada el 1731 per l'abat Prévost (1697-1763) i considerada una obra mestra de la novel·la psicològica. En una bella descripció de la passió amorosa portada al paroxisme, Antoine François Prévost d'Exiles, l'«abbé» Prévost, va crear Manon, un personatge femení innocent i pervers alhora, que resulta inoblidable.

2. Vestit femení, portat a l'Índia, al Pakistan i a Sri Lanka, format per una sola peça de tela ajustada al cos sense costures ni agulles. Sol ser de seda o cotó molt fins i lleugers.

perquè ja havien iniciat la pujada a les muntanyes, i amb la foscor encara hi havia més humitat i la temperatura s'anava tornant francament gèlida.

—Va molt mudat, aquesta nit, «senyor Morrisson»! —va dir en Jackson, que anava al costat d'ella—. Que anem a algun enterrament?

—Potser al vostre, si no pareu compte, desgraciats!!

L'eurasiàtica, que tenia el volant ben agafat, estava atentíssima a la pista que il·luminaven els fars, molt accidentada allí. El vehicle sortia del fang per tornar-hi a caure, i cada vegada semblava que no podria seguir endavant.

—Tanca la boca, o te la faré tancar, insolent!!

En sentir la dona dir tot allò, un dels pinxos que anaven asseguts al darrere, un a qui anomenaven «Borís-la-Mort», donà a en Jackson un cop en una orella —no gaire fort, però— amb la culata d'un revòlver Smith & Wesson.

—Fes cas a Madame Singh!! Obeeix o...

—Està bé! Ja n'hi ha prou!! —s'exclamà en Jackson—. No diré res més!... Quin mal m'ha fet! Ai! Ui!

S'inclinà vers ella, i l'expressió de víctima que feia un moment abans, la va canviar per l'expressió insinuant d'un poca-solta que es dedica a molestar les dones pel carrer.

—Hola, *xati*! Vius soleta o amb els papàs?... Em sembla que no tens gaire sentit de l'humor, oi, *xati*? N'has sentit a parlar, d'això del sentit de l'humor, almenys? Ai, ja veig que no! Va bé, va bé, callaré si us poseu així. Però, espera, *xati*, ara que hi penso: vols que et canti «La Balada de Sally

Rose»? T'agradarà! En demanaràs més! És pura màgia de l'Ole Opry de Nashville, Tennessee, que és el temple del *country*! Oi que no ho sabies, «senyor Morrisson»?

«Borís-la-Mort» es quedà bocabadat de tanta gosadia. I Madame Singh alçà la mà dreta per bufetejar en Jackson.

—Espera, per favor, espera... Després que hagi cantat jo, podràs cantar tu! Per exemple, «Jailhouse Rock», el Rock de la Presó! Què me'n dius? No et sembla adequadíssim??

—Vol que l'escarmenti de debò, Madame Singh? —preguntà «Borís-la-Mort»—. Deixi-me'l només un quart d'hora i veurà com quedarà domesticat per sempre. M'agradaria atipar-me de pegar-li puntades de peu!

—No et preocupis per això —va dir en Jackson—. Quan et tanquin a l'últim penal de la selva, et recomanaré a l'alcaid perquè et posi a l'equip de futbol! Potser fins i tot el teu cap podrà servir de pilota... Encara que em temo que no faci el pes!

En aquell moment, Madame Singh va exclamar:

—Els pigmeus del bosc d'Ituri! Són allí, com vam quedar.

En un revolt de la pista, els fars havien il·luminat un grup de guerrers diminuts —cap no arribava al metre cinquanta— que duien coltells i arcs i fletxes.

—Demà, a trenc d'alba, ens guiaran fins a una de les selves altes on sol haver-hi goril·les! —va dir Madame Singh, amb entusiasme.

—...quatre, cinc, sis... i set!! —exclamà Jackson—. No pot ser! Quina casualitat!

L'eurasiàtica i els seus pinxos se'l van mirar, curiosos.

—Què vols dir?? —no es pogué estar de preguntar «Borís-la-Mort».

—Que sempre m'han agradat els set nans! Però, per desgràcia, nosaltres no portem la Blancaneu... Només portem la Bruixa!

8

En Toni es despertà, sobresaltat. Mirà el rellotge: les quatre de la matinada!

Molt suaument havien trucat a la porta de la cambra que, anit, li havien assignat a Queen Dandelion.

Estranyadíssim, en Toni va encendre el llum de la tauleta de nit, es posà un barnús que hi havia penjat rere la porta, i va obrir. Era la Goldie!

Anava en pijama. Un pijama de seda roja. I somreia d'una manera que en Toni ja havia vist, i que li eriçava els pèls de la nuca. La noia es posà un dit als llavis, com si temés que en Toni parlés massa alt...

—Hola, Toni! —va dir baixet. S'acostà al noi amb tota naturalitat i li va fer un petó a cada galta. Feia una olor com de vainilla...

En Toni s'alegrà que no hi hagués gaire llum. Així no es veuria que s'havia posat vermell com un tomàquet... «Què vol dir tot això?», es preguntà, amb el cor bategant-li més fort que de costum. Oh, com brillaven els ulls de la Goldie en la penombra!

Quan havia arribat, feia unes hores, a Queen Dandelion, el noi havia estat molt ben rebut. El professor Severing, un home alt i prim de seixanta anys, que en representava menys, va ser molt amable amb ell i el va invitar a sopar.

En un moment en què se n'havia anat a donar ordres a la cuina de la granja, la Goldie va dir: «El meu pare és vegetarià, saps? S'estima tant els animals, que és incapaç de menjar-se'ls! I no pot suportar que els maltractin... Creu, amb Porfiri el Pitagòric,[1] que maltractar i matar els animals ens fa perdre el respecte per la vida en general i per la nostra en particular... Fa que ens resulti més fàcil el fet de maltractar-nos i matar-nos, els uns als altres! Amb la cosa del menjar, jo sóc com ell, amb excepcions... Però com en aquesta casa no som fanàtics precisament, tu demana el que vulguis sense complexos. De debò! Aquí tenim invitats que mengen de tot, la majoria de vegades».

«Menjaré el que mengeu vosaltres», havia dit en Toni (una mica intimidat perquè ell mai no havia sentit a parlar de Porfiri el Pitagòric). I així va ser.

El professor s'havia interessat pel noi i els seus amics. L'havia tranquil·litzat, afirmant que el país desbordava de soldats i policies, i que aviat trobarien els bandits que els havien segrestat.

1. Filòsof neoplatònic que va néixer a Tir (332-304 aC).

Pare i filla es van quedar consternats quan en Toni els va explicar el que li havien dit sobre el veritable carregament del Fairchild. La Goldie volia anar de seguida a socórrer els animals però, segons el capità Tambo havia assegurat a en Toni, els *rangers* que ara vigilaven l'avió s'ocupaven d'ells.

«Alliberar-los immediatament és el que haurien de fer! —havia exclamat la noia—. Això evitaria que se'n morissin la meitat! Cap animal no està fet per viure en captivitat, i menys encara unes bestioles que sens dubte han arrencat del seu medi natural fa molt pocs dies».

Era més bonica que mai, amb la cara envermellida i els ulls que resplendien «com estels», es digué en Toni; ell, que si hagués sentit dir allò a un altre, ho hauria trobat «una passada».

«Hi ha d'intervenir la justícia, Goldie —digué el professor—. Demanaré a qui sigui que els tràmits no s'eternitzin».

Després preguntà a en Toni pels seus estudis d'informàtica i van parlar de l'internet, del ciberespai, de la realitat virtual —i d'altres coses que estaven configurant un segle XXI que, encara que només fos per això, seria completament diferent dels altres— a la gran sala menjador de la granja, adornada amb obres d'art i d'artesania africanes.

El professor va voler saber què li havia semblat Kinshasa.

La gent era amable, simpàtica, moltes vegades entranyable... Però el noi havia tret una pèssima impressió de la ciutat en general, on els turistes que fotografiaven segons què corrien el risc de ser detinguts per una policia fatxenda que no semblava haver de donar comptes a ningú.

Com que no es pagava des de feia temps als altres funcionaris, les piles d'escombraries s'amuntegaven pels carrers més populars (les zones residencials, en canvi, feien goig, estaven perfectament ateses, i vigilades estretament) amb rates que anaven i venien, grasses i plenes de paràsits... A en Sivilles li havien dit que hi havia casos de pesta bubònica.

El professor Severing ho va confirmar.

Va explicar que aquell era el país africà potencialment més susceptible de desenvolupar-se i, alhora, un dels més pobres del planeta. Tocaven només 100 dòlars anuals per habitant, quan la mateixa Banca Mundial considerava el límit de pobresa en... 370 dòlars.

En Toni havia seguit molt bé aquelles explicacions del professor, perquè era un noi espavilat, que volia estar al corrent del que passava en el món on vivia, i solia llegir els diaris que en Sivilles rebia cada matí a Carn d'Olla Airlines. També era un assidu del Canal 33, on sempre hi havia coses interessants des del punt de vista antropològic i zoològic, entre altres.

El professor Severing s'havia mostrat encantat de tenir un interlocutor jove, tan despert i tan llest com la seva pròpia filla.

«Es pot dir que el país ha esdevingut, desgraciadament, un enorme abocador...», havia comentat. «Hi proliferen més que mai els mosquits que porten la malària, els bacils del tifus, les mosques tse-tse que encomanen la malaltia de la son... Hi ha virus Ébola i molts malalts de sida. Només a Kinshasa, moren més de 1000 persones per dia a conseqüència d'infeccions... Ja haurà vist, a més, vagabundejar-hi moltíssims nois i noies de menys de quinze anys... I el país és ric, però la riquesa només la veuen uns quants! Pensi que a Mbuji-Mayi, anomenada "La Ciutat dels Diamants", transaccions d'un valor de 15 milions de dòlars es fan cada setmana... Són 20 milions de quirats de mitjana anual. I fixi's que la ciutat té un aspecte lamentable i es troba en un entorn gairebé medieval, sense aigua potable ni electricitat, sense centres hospitalaris ni cap telèfon públic...[2] Un desastre! Li diré que en aquest país, per acabar-ho d'arreglar, hi ha hagut en dues ocasions aldarulls gegants... que van acabar en saqueigs gegants! Segons diuen, van ser encapçalats per elements dubtosos de l'exèrcit i de la policia... La població ha quedat terroritzada! Suposo que es deu haver fixat que totes les botigues tenen unes grans reixes... És per evitar, d'ara endavant, els robatoris que no van poder evitar aleshores.»

«Quin panorama! La independència ha desembocat en tot això, doncs?...»

«Jo diria que més aviat ha estat la manca de democràcia... Miri, quan els belgues se'n van anar d'aquest país,

2. Dades de la premsa internacional.

que el rei Leopold de Bèlgica havia considerat com una finca de la seva exclusiva propietat durant molt temps, els nadius no tenien cap preparació... Se'ls havia mantingut en la ignorància. Pensi que el soldat de més graduació que hi havia a l'exèrcit era un sergent! No parlem ja d'enginyers, d'arquitectes, de metges, de jutges, d'advocats, etcètera. La gent més capaç i benintencionada va ser bandejada, per dir-ho moderadament, pels qui van arribar al poder i pels seus còmplices de l'estranger. I la situació s'ha degradat tant, que no són pocs els qui avui enyoren el colonialisme i l'ordre que comportava... Perquè, per fer treballar la gent, bé se l'ha d'alimentar. Calen dispensaris, per no tenir treballadors malalts... Etcètera, etcètera. Ja veu el que vull dir! Hi ha qui enyora allò, doncs. Que és tant com dir que els esclaus enyoren les cadenes i la garjola, on, almenys, se serveix un ranxo, per magre que sigui, i a hores fixes! Aquells que no volen tornar enrere, sinó anar endavant, esperen, però, sortir-se'n algun dia... Per què no? Jo mateix vull esperar que tard o d'hora la dictadura caurà, i que els mateixos zairesos, i qui els ajudi de debò, internacionalment parlant... i no amb la intenció de passar factura i espoliar-los més tard... faran que aquest país surti del marasme.»

Havia estat, per a en Toni, una vetllada molt agradable i instructiva... I ara, a les quatre de la matinada, la gran sorpresa: la irrupció de la Goldie a la seva cambra!

Què vol dir això?!, es repetia en Toni.

No en tenia ni idea... Del que sí que estava segur era que, l'endemà, no es rentaria la cara per no esborrar els petons de la noia!

I aleshores la Goldie, somrient entremaliadament del seu astorament, va parlar:

—Toni... M'acompanyes a fer una excursió?

—T'acompanyo on vulguis! —va dir decididament un Toni desconegut, que en Toni mai no havia sentit enraonar amb tanta determinació.

—Doncs vesteix-te ara mateix... Equipa't per caminar per la selva, si fa falta. I agafa roba per abrigar-te. On anem pot fer molt fred! Jo també em vaig a vestir.

—Però... On em vols portar?

—Txst! No tan fort... On?? Ja ho veuràs. Que no tens confiança en mi?

I quan ell obria els llavis per respondre, ella els hi va tancar amb un petó molt ràpid i suau. I se'n va anar amb la fregadissa de seda del seu pijama.

Cinc minuts després, a mig vestir, en Toni s'adonà que s'havia posat dos mitjons de colors diferents, i que duia un suèter al revés.

«Calma't, Toni!», es va dir. «Si en Sivilles i en Jackson em veiessin, em prendrien el número de mala manera! Tant de bo ho poguessin fer», afegí. I allò el va calmar.

La Goldie tornà, perfectament equipada. Mik-Mik, el ximpanzé, venia amb ella.

—Anem, Toni! —va dir la noia.

—Ei, Goldie! Va, dona!! No em pots fer cinc cèntims de tot plegat? —preguntà ell, quan sortien als jardins. Encara era negra nit.

—Txst! Menys fort... Hi ha qui encara dorm a la casa!

—El teu pare, és clar! Què pensarà de tot això, Goldie?

—Em sembla que em tens per una irresponsable!

—T'he donat aquesta impressió? No sé com et pots figurar una cosa així, Goldie! Això de sortir a les quatre de la matinada en direcció desconeguda és el més natural del món, i jo ho faig cada dia... sobretot quan sóc a l'Àfrica!

Es van posar a riure.

—Toni, el meu pare, ja no hi és, saps?... Ahir em va dir que sortiria cap a les tres. Ell i en Kemba han marxat amb jeep, fins a Beni... Allí els espera un helicòpter que els portarà a un camp de refugiats ruandesos. El meu pare, que també és metge, hi va organitzar un dispensari així que van arribar els refugiats, saps? Ho va fer amb l'ajut de les missioneres de la Mare Astrid, una monja fantàstica que és de ferro i de seda, alhora. El pare hi va dos cops per setmana... Kemba sol acompanyar-lo. Però ja et veig impacient per preguntar-me on anem nosaltres! De moment a buscar un altre jeep.

Hi havia uns vehicles, estacionats a la sortida de la granja. La Goldie en posà un en marxa.

—Què esperes per pujar? El Mik-Mik ja és dins!...

El jeep va prendre la direcció nord-oest. Els seus fars anaven traient de les tenebres una pista, per sort no massa enfangada. Entre la malesa que la vorejava, a banda i banda, brillaven, fosforescents, ulls d'animals sorpresos i espantats pel soroll del motor.

Sortint d'un revolt, la Goldie va parar en sec: un animal no gaire voluminós, amb grossos ullals corbats, els tallava el pas, plantat enmig de la pista. Els mirava sense veure'ls, completament enlluernat.

—Un porc senglar! —exclamà en Toni.

—Només s'hi assembla. Això és un facoquer.

La Goldie apagà un moment els fars i quan els obrí de nou, el facoquer havia desaparegut. Allò va fer molta gràcia al Mik-Mik, que es posà a «riure» de valent, al seient de darrere.

El terreny ja no tenia la planura de la sabana. La pista havia començat a pujar en espiral, cap a la selva espessa d'on sobresortien, a penes il·luminades encara pel dia naixent, grans roques: els primers estreps del massís volcànic de Virunga.

—Veus aquella selva, Toni? Allí i en selves semblants, selves altes a l'entorn del massís de Ruwenzori i de les Muntanyes Virunga, per on pugem ara, viuen els darrers goril·les... Aquí és on van matar Dian Fossey, que tant se'ls estimava i que tant els va estudiar com a zoòloga... Era una dona molt valenta, i la van matar perquè protegia els goril·les i no deixava que s'acostessin els *poachers*!

—Vaig veure una pel·lícula amb la Sigourney Weaver...

—Si vols et deixaré el llibre que Dian va escriure; es diu

com la pel·lícula, *Goril·les en la boira*, però és molt més interessant. Els goril·les són de debò, i no de plàstic o moguts per ordinador!

Hi va haver una pausa. El vehicle anava feixugament per una pujada que semblava perpètua. El noi sentia l'alçada als conductes auditius. Havien decidit tancar les finestrelles perquè cada vegada feia més fred.

—Goldie —digué tot d'una el Toni «desconegut», mentre seguien pujant—. Sé que no ets una irresponsable, que consti... I et vull dir que, encara que ho fossis, em temo que t'acompanyaria, molt irresponsablement, a la fi del món!

—Oh, però si aquest noi sap dir coses boniques!... —exclamà ella. I sense perdre el camí de vista, li va fer un petó ràpid a la galta—. Ja saps que t'assembles a Tom Cruise?...

Quan en Toni estava més encantat amb el petó, va sentir que uns braços peluts li enllaçaven el coll per darrere... I el «petó» que va rebre, no era precisament dels que fan somiar!

Mentre el noi esborrava (Ecs!... Uf!...) el «petó» del ximpanzé amb les mans, i procurava mantenir-lo a distància, la Goldie va dir:

—Pots estar content! Això no ho fa amb tothom... Et troba simpàtic!

—I jo a ell! Però per ara, si no li importa, prefereixo que només fem «manetes»!

—Toni, cal que et digui una cosa... És una bona notícia i potser te l'hauria d'haver donat abans, però he preferit fer-ho després que ens poséssim en marxa. Els *rangers* creuen haver localitzat els teus amics i els seus segrestadors, aquí, a la província de Kivu!

—Quèèè??

—El capità Tambo ha trucat, quan acabava d'anar-se'n el meu pare, i m'ha dit això perquè jo li ho comuniqués... I t'ho comuniqués a tu també!

—Què dius ara??

—El que sents...

—Oh! Fantàstic!! I on es deuen trobar, exactament? M'agradaria tant anar-hi...

—És clar, és clar!... I per atzar, cap on creus que et porta ara, Toni, la teva amiga Goldie?? Els han localitzat en aquesta part d'aquí, home, a les muntanyes Virunga!

—Goldie... De debò ets la meva amiga?...

—I tant! Si vols, amb un punyal, ens farem dos talls als palmells de les mans dretes, i farem una encaixada per barrejar les nostres sangs... Encara que això, tan romàntic, és molt perillós fer-ho, avui dia!

Aleshores, ell la va voler abraçar i besar. Aconseguí fer-li un petó a la nuca, tèbia, perfumada sota els cabells rossos.

—Ei! Però què fas?? Serà possible?? Deixa'm de seguida!! I a mi que em semblaves tímid!... Això no ho facis més!...

—Ho sóc... Sóc molt tímid —va dir ell, retirant-se, tot pansit.

Ella el mirà de reüll, pendent, però, de la pista.

—Però, que no veus que ens podíem estimbar?? Saps què diu, la Bíblia? Que a la vida, hi ha un temps per a tot, home!

9

Obrint-se pas a la selva a cops de matxet, els pigmeus llogats com a guies per Madame Singh havien seguit la pista dels goril·les. Se solia fer buscant els jaços d'herbes i fullatges on havien passat la nit; cada dia dedicaven una bona estona a preparar-los amb molta cura.

Els pigmeus estaven també atents a les petjades dels goril·les sobre la terra humida. Solen anar de quatre grapes, i en parar-se deixen, sovint, l'empremta dels artells de les «mans» de davant. Qualsevol cosa era una pista, per als pigmeus: una resta de pèl (que els goril·les de l'alta muntanya, a causa del fred, tenen més llarg que els que viuen més a prop de la sabana) enganxada a algun matoll espinós; una resta de bambú (en mengen els brots) o d'api silvestre, que per a ells és una llaminadura...

Avançant amb el vent en contra, per no ser descoberts, els pigmeus aviat van trobar una família d'antropoides: un mascle i dues femelles, ja que el goril·la és polígam. Una de les femelles es dedicava, amb la mandíbula inferior, a arrencar escorça de troncs d'arbre per buscar insectes, amb els quals alimentava un bebè goril·la que semblava trobar-los deliciosos... No devia tenir més de set mesos, van calcular els pigmeus.

La femella alternava aquell treball amb el d'esplugar minuciosament de paràsits un gran mascle ben adult, com indicava el seu llom argentat, plàcidament estirat de bocaterrosa. L'altra femella, una mica allunyada, estava completament ocupada preparant un jaç per a aquella nit.

En un moment en què la que esplugava el mascle ho feia amb gran intensitat, i havia deixat el seu cadell uns metres darrere d'ella, dos dels pigmeus es van llançar a atrapar-lo.

No va ser difícil: un d'ells el va estabornir d'un cop de puny perquè no cridés la mare, i l'altre obrí un sac on el ficaren ràpidament. I van fugir d'allí, per on havien vingut, a tota velocitat.

Molt a prop, hi havia un dels *land-rovers* de Madame Singh... Es trobava a la sortida de la selva, estacionat no lluny d'un profund esvoranc d'origen volcànic. En el vehicle hi anaven, asseguts al davant, el de la samarreta de Mick Jagger i l'anomenat Tiro Seco, que era qui conduïa.

En el seient del darrere, emmanillats als baixos de ferro del seient, hi havia ara en Sivilles i en Jackson.

—Aquests nans del dimoni ho han aconseguit! —digué tot d'una Tiro Seco—. Mira'ls! Vénen corrent com a esperitats, però porten un sac on deu haver-hi el goril·la que volia Madame Singh!

—Posa el motor en marxa! —digué l'altre—. Sembla que els empaitin!

Els pigmeus van deixar el petit goril·la, que es debatia inútilment dins del sac i plorava de valent, al costat del vehicle. Tiro Seco era un antic mercenari de la guerra de Katanga[1] i va entendre el que deien els pigmeus en suahili:[2]

—Ja teniu el que volíeu, però fugiu d'aquí, homes blancs! Pot venir la mare goril·la!!

Van arrencar a córrer de nou i desaparegueren.

—Ah! Pot venir la mare? —va dir el suposat admirador de Mick Jagger, quan Tiro Seco li va haver traduït allò, mentre col·locava el sac al portaequipatges de darrere—. Doncs que vingui, que vingui! Ens farà guanyar uns diners suplementaris! Conec algú a Goma que ens pagarà bé un cap de goril·la per dissecar... I les quatre grapes! En fan cendrers, molt cotitzats pels turistes rics que no estan per sensibleries ecològiques.

—No sigueu bojos! —recomanà en Jackson—. Quan vaig ser aquí fa temps, em van dir coses molt grosses sobre els goril·les! És un animal pacífic a més no poder, però quan se sent atacat, resulta terrible! Si us engrapen, us partiran en

1. Regió de la República Democràtica del Congo que l'any 1960 es declarà independent i va ser derrotada després d'una guerra civil.

2. Llengua bantu parlada a la zona oriental de l'Àfrica.

quatre trossos i a sobre hi ballaran un rock!... No us penseu, no estarem segurs dins del *land-rover*! Pesen uns trescents quilos i tenen la força de deu homes. Toquem el dos ara mateix, que això és una selva de debò i aquí no se sent cap crit de Tarzan, quan va per l'Escarpat de Mutia per salvar els «buanes»!

—Calla, covard! —va dir el de la samarreta, que baixava del jeep, empunyant el *kalashnikov*—. Tothom sap que aquests animals són bàsicament vegetarians i no fan mal a ningú!

—Això és quan no se'ls ataca, t'ha dit el meu soci, gamarús!! —no es pogué estar de cridar en Sivilles. Tiro Seco li pegà un cop de colze a la cara, i avisà:

—«Flaco, que te estás pasando!»

I en aquell precís moment, sense que cap soroll no ho hagués anunciat, s'obrí la malesa! I amb un lament profund, que es transformà en formidable gruny d'amenaça que posava la pell de gallina, en sortí la goril·la mare...

És a dir, en sortí una enorme bola de pèl eriçat, on brillaven uns ulls injectats en sang, i es veien unes dents paoroses!

Terroritzat, «Mick Jagger» va serrar dos cops el gallet del seu *kalashnikov*, però els trets van passar alts sobre l'antropoide, que li va fer com una mena d'abraçada gegant...

Segons havien advertit els pigmeus, mai no s'ha d'abandonar el terreny, davant d'un goril·la, i molt menys encara escapar corrent. Si es té el valor de no fer això, és possible que el goril·la s'acontenti amenaçant... Però amb la goril·la mare allò no hauria valgut perquè, lògicament, estava fora de si.

En l'espai d'un segon, en Sivilles i en Jackson van veure el bandit —que no era precisament un home petit i esquifit— mig desaparegut entre el pelatge del goril·la, xisclant de por i martellejant amb uns punys, que semblaven minúsculs, la pitrera de la bèstia.

I el goril·la posà fi a la patètica gesticulació de l'home amb una mossegada que quasi el deixà sense cap.

Després, accentuant l'«abraçada», el va doblegar de tal manera que el clatell li va arribar a tocar els talons, no sense que se sentís abans un cruixit com de llenya seca, en trencar-se-li la columna vertebral.

—Què esperes per arrencar?? —cridà en Sivilles. Però en comptes de fer-ho, Tiro Seco, veient que la mare goril·la —ensumant el portaequipatges on anava el seu fillet— s'acostava al vehicle, l'abandonà i es posà a córrer cap a la selva.

No arribà lluny: sortint pel lloc que menys s'esperava, d'entre els troncs de formatgers molt alts, el goril·la mascle de llom argentat, que corria com solen fer aquestes bèsties a socórrer la família en perill, engrapà el bandit.

Tiro Seco a penes tingué temps de badar boca, per cridar de terror... El goril·la li esclafà el cap contra un bananer. Després s'acostà al *land-rover*, que la mare goril·la ja sacsejava amb fúria, i es posà a fer el mateix.

Amb aquelles embranzides salvatges, el cotxe s'acostava cada cop més a l'esvoranc profund, al costat del qual l'havien estacionat...

En Sivilles i en Jackson provaven frenèticament d'alliberar-se, mentre les sacsejades dels antropoides els feien oscil·lar d'un costat a l'altre, retinguts només per les manilles.

—Mai no m'hauria cregut que... que... acabaríem així! —va aconseguir d'articular en Sivilles.

—Així... Com??

—Mira per la finestrella... Estem a punt de caure per aquell esvoranc... Una escletxa d'origen volcànic com n'hi ha tantes per aquí... *Viatge al Centre de la Terra*, per Jules Verne! No ens trobaran mai més, Slim!

—Ah, vaja... Ja veig que puc dir adéu als cèntims que em deus de l'hotel de Kinshasa! Per a tu, tots els pretextos són bons per no pagar!

El vehicle estava a punt de caure, quan van acabar de sacsejar-lo. La goril·la mare havia arrencat la tapa del portaequipatges i, amb infinita delicadesa, treia el sac on hi havia el petit... N'estripà la tela... I una boleta de pèl va sorgir com impulsada per una molla! S'arrapà a la seva mare, amb un gemec capaç de commoure les pedres. Serrava desesperadament, a més no poder, els pèls de la mare amb les quatre «manetes».

Recuperat el cadell, els dos goril·les no es van quedar ni uns segons més allí... Tornaren a la selva a tota velocitat!

Quasi de cap per avall, a causa de com havia quedat el vehicle, en Sivilles i en Jackson s'havien adonat que, segons com es moguessin, el *land-rover* cauria a les profunditats de l'esvoranc.

—Sobretot, si et pica alguna cosa, no provis pas de rascar-te, Slim!

—Ni tu tampoc, Pep! —va dir vivament en Jackson.

—Per què ho dius??

—Hi devia haver tèrmits al sostre del *land-rover*... En tens plena l'espatlla dreta. I avancen en processó imparable cap al teu clatell!

En aquells moments, una processó d'una naturalesa ben diferent avançava de forma igualment imparable cap a aquell punt de les muntanyes Virunga. La componien *rangers* i els comandava el capità Tambo. El soroll dels trets disparats contra la goril·la mare els havia guiat fins allí.

Però qui va arribar primerament al vehicle a punt d'estimbar-se va ser el *land-rover* on anaven Madame Singh i l'home de la cara vermellenca.

Veient-los saltar a terra i avançar cap a ells, en Sivilles va dir:

—Agafa't fort, que s'acosta la Parella de l'Any! Noi, si vols que t'ho digui, trobaré a faltar els goril·les! Preferia heure-me-les amb ells!

—I jo! Aquests dos són capaços d'acabar d'estimbar-nos.

—Dependrà del fet que pensin que encara els podem ser útils, o no!

10

La columna del capità Tambo va descobrir el *land-rover* on anaven «Borís-la-Mort» i l'altre bandit, en el moment en què intentaven camuflar-lo entre la malesa.

—Rendiu-vos als *rangers* del Zaire! —cridà el capità, per un megàfon. Però els bandits obriren foc de *kalashnikov* i metralleta. Un d'ells utilitzà un llançagranades que va estar a punt de destrossar el jeep de Tambo. Aleshores un tirador especialitzat dels *rangers* va foradar els pneumàtics del *land-rover*, perquè no pogués fugir. Els bandits el van abandonar per parapetar-se rere unes roques volcàniques.

Començà un llarg tiroteig.

Mentrestant, Madame Singh i David Pelham havien tret en Sivilles i en Jackson de la seva difícil situació, esperant continuar fent-los servir d'ostatges i, eventualment, de pilots.

Ella estava furiosa perquè, en sentir trets, no havia quedat ni un sol pigmeu i, sobretot, perquè l'operació «bebè goril·la» havia fracassat, cosa que atribuïa a la ineptitud de

«Mick Jagger» i Tiro Seco. L'oració fúnebre d'ambdós, la va fer dient:

—Quins inútils totals! Si no els haguessin matat els goril·les, ho hauria fet jo!

—Segur que haurien triat els goril·les, si haguessin pogut escollir! —va respondre en Jackson. A ell i a en Sivilles els havien tornat a emmanillar a dins del *land-rover*.

L'home de la cara vermellenca mirà el nord-americà amb ràbia. Però no va dir res. Se'l veia cansat i trist, encara que sempre pendent de l'eurasiàtica. A en Sivilles gairebé li va fer llàstima.

—Un home acabat... —murmurà a en Jackson.

—Pep, tu sempre t'entendreixes! Vigila que l'«home acabat» no comenci de nou, i no et clavi un tret!...

—Què esteu dient?? —cridà Madame Singh—. No vull que enraoneu entre vosaltres!!

—Que potser vol que parlem amb vostè? —preguntà en Jackson—. Perquè jo, com a interlocutor, prefereixo un cocodril!

Entrant el braç per la finestrella, l'eurasiàtica li donà una bufetada. Però en Jackson l'esquivà i, desanimada, ella renuncià a pegar-li de nou. S'adreçà al seu còmplice:

—Confiem que «Borís-la-Mort» i l'altre estúpid entretinguin els maleïts *rangers*! Mentrestant, nosaltres fugirem!

—Visca la companyonia!, Madame —comentà en Sivilles—; qualsevol comet delictes amb vostè com a còmplice!

Sense respondre-li, ella ordenà a David Pelham, assegut ja al volant:

—De pressa cap a l'aeroport! Hi hem d'arribar abans que qualsevol, i sortir d'aquí! No suporto més tercermundismes!! Portem prou benzina per enlairar l'Antonov d'aquests dos cretins!

—Cretins? Vostè sí que és un fenomen de fira! —digué en Jackson—. Si es deixés barba, podria treballar de dona barbuda! O de llançadora de punyals, però per l'esquena!

Es preparà a esquivar una nova bufetada, però aquest cop ella es girà de mig cos cap a ell i li clavà les ungles d'ambdues mans al rostre, mentre el cobria d'insults.

—Eh! Eh! Prou!!... —demanà l'home de la cara vermellenca—. Si li treus els ulls no podrà pilotar!

—Però almenys —digué en Jackson— tindré el plaer de no veure-la mai més, aquesta bruixa!...

Quan el *land-rover* anava muntanya avall, tan de pressa com permetia la pista per on havien pujat, un jeep dels *rangers* els va descobrir.

—Ens empaiten! —avisà Pelham.

Amb un esgarip d'odi, tota sufocada encara, Madame Singh agafà un llançagranades.

—Jo me n'encarrego! —exclamà, serrant les dents.

Un control de *rangers* va parar el jeep on anaven la Goldie i en Toni.

Els *rangers* coneixien la noia.

—Però... però... Què fa aquí, senyoreta Severing?? —preguntà un sergent.

—Feia un volt... Però l'he interromput en veure el panorama! Me'n vaig de seguida a casa!

—Hem detingut uns bandits... No són *poachers* habituals, sinó gent molt perillosa. Però n'hi ha més, i els busquem pertot arreu.

Mentre la Goldie enraonava amb el sergent, Mik-Mik el ximpanzé havia tret el cap per una finestrella. Semblava ensumar amb fruïció l'aire de la tarda.

—Busquem, sobretot, un home i una dona que han aconseguit fugir, de moment! Porten dos ostatges amb ells i per això se'ls ha deixat passar...

—Se sap qui són els ostatges?? Algú els ha vist?? —preguntà en Toni, molt interessat.

—Jo els he vist passar! —contestà un dels *rangers* del control—. Dos homes de trenta a quaranta anys... Un té els cabells grisosos... L'altre els té rossos i els porta quasi rapats.

—Són en Sivilles i en Jackson!

—Com? Però vostè els coneix?? Què sap de...?

—Oh, no li facin cas! —digué la Goldie—. El meu cosí Peter Pan sempre s'inventa coses! Perdonin, però me'n vaig... El meu pare deu passar ànsia.

I arrencà el jeep, allunyant-se a tota pressa.

—El teu cosí Peter Pan, eh?... Però... Wendy!... Has dit

mentides a raó de vuit mil sis-centes per minut! Semblaves una màquina de mentir!..

—Oh, sí? I se'm nota molt, ara? Vull dir... M'han crescut força les orelles?? Se m'allarga el nas?? Ai, Toni... Perdona'm, vols? T'asseguro que no acostumo a dir mentides. Però...

—Goldie... És que jo hauria preferit que ens quedéssim amb ells!... Si van a buscar els meus amics, jo hauria volgut...

—Els teus amics, segur que se'ls han emportat cap a l'aeroport, Toni!

—Ja! I tu vols dir que...

—Que ara anem cap allí, a tot gas! No podràs estar més a prop d'ells més de pressa, t'ho asseguro!

Sense saber què dir, en Toni allargà tímidament una mà i li va acariciar els cabells gairebé albins... Se li enredaven als dits, com fils d'or que haguessin tingut vida pròpia.

—Goldie —va murmurar— Goldie... Penso amb tristesa que arribarà el moment que me n'hagi d'anar d'aquí, amb els meus amics... Si se'n surten de tot això! I em dic que mai més no podré oblidar Àfrica... I que el que menys podré oblidar seràs tu, els teus ulls bonics i el teu perfum de vainilla.

—Ets molt bufó! —va dir ella—. Jo no me n'aniré mai d'aquí, saps? He estat a França, a Bèlgica..., a Itàlia. I també a Anglaterra, naturalment, on va néixer el meu pare. Em va agradar força Europa! Però jo sóc d'aquí, d'aquestes valls meravelloses, sobre el Grand Rift,[1] que semblen el bressol de la nostra espècie. I sóc també d'aquestes muntanyes i aquests llacs... De la bellesa i riquesa infinites, i de la no menys infinita misèria d'Àfrica!... Vull ajudar la gent d'aquest país, Toni. Vull ajudar-los com fa el meu pare, però jo no seré metge, a més d'etòleg com ell... Jo vull ser veterinària, ja ho saps. No solament perquè m'estimo els animals, sinó perquè molta gent d'aquí té bestiar, i no en pot viure si el mata la mosca tse-tse i mil microbis més... També m'agradaria escriure, com va fer una dona amb sobrenom d'home: Isaak Dinesen.[2] Però, creu-me, Toni, mai no podria viure lluny d'aquí. Em moriria de tristesa, si me n'anés i no tornés a veure les albes i les postes de sol d'Àfrica, i no pogués tornar a sentir l'olor de podridura i de vida que reneix constantment de la selva profunda... Em dic Goldie Severing, un nom estranger aquí. Però el meu cor es diu Àfrica.

---

1. «Extensa zona fracturada que s'estén en direcció general NE-SO i que comprèn territoris de l'Àfrica Oriental i de l'Àsia Occidental. Es tracta d'una sèrie de depressions tectòniques (...). Comprèn la regió del llac de Tiberíades, la vall del Jordà, la mar Morta, el golf de l'Aqaba, el sector de la mar Roja, l'altiplà etiòpic i la zona dels grans llacs de l'Àfrica Oriental (...)» (*Gran Enciclopèdia Catalana*).

2. Pseudònim que Karen Blixen, novel·lista danesa (1885-1962), va utilitzar, sobretot, per escriure contes.

La Goldie, amb llàgrimes als ulls, va afluixar la marxa i parà el jeep. Agafà la cara del noi i el va besar llargament, amb la naturalitat i l'espontaneïtat amb què ho feia tot. Era un bes de dona. A en Toni no l'havien besat mai d'aquella manera.

Després van enraonar uns moments. I en Toni va voler besar-la al seu torn. Però ella girà el cap, defensant els seus llavis amb els cabells rossos.

—Hem d'afanyar-nos, Toni! Som lluny encara, però conec un trencall que em va ensenyar en Kemba. Arribarem abans que ningú, ja ho veuràs! Estimat Kemba!... El trobo a faltar, com tu deus trobar a faltar els teus amics... Espero que ens puguem retrobar aviat, tots plegats.

Engegà el jeep i embragà. I aquell va ser el moment que va aprofitar el Mik-Mik per saltar a la pista, i fugir cap al punt d'on emanaven els irresistibles efluvis que, des de feia una estona, el pertorbaven.

11

Començava a fer-se fosc. El jeep on anaven la Goldie i en Toni s'havia ficat pel trencall del qual havia enraonat la noia: un congost molt estret, que serpentejava per la selva verge, entre roques escarpades, mig cobertes de vegetació.

Tot d'una, unes pedres es van desprendre i van caure, arrossegant no poca terra, però per fortuna res d'allò no els encalçà.

—Vaja! —exclamà la Goldie—. Les últimes pluges han tornat perillós aquest camí... Ja queda poc per sortir a la sabana... No deus pas tenir por, oi Toni? Com estàs?

—Millor, impossible! Por? Què és això? Que potser és una cosa que fa petar les dents, quan ho tens??... Clec-clec-clecclec!...

Fingia que li petaven les dents exageradament, per ferla riure. Però ella clavava els ulls en el camí.

—Mira! —va dir—. Veus això? Són excrements d'elefant. I recents, eh? Només faltaria que ens trobéssim algun d'aquests senyors de la trompa, venint pel camí en direcció contrària... És massa estret perquè poguéssim passar alhora! Toni, digue'm que no tindrem aquesta mala sort!

—No la tindrem, Wendy! Paraula de Peter Pan! A tu no et venç ni el capità Ganxo a dalt d'elefant!...

Van riure.

—Per què no encens els fars? No sé com encara t'hi veus!

—Ja som molt a prop de l'aeroport... I no vull que ens vegin els *rangers* que hi han deixat de vigilància! Ara pararem, quan sortim del congost... Això si abans no se'ns ensorra a sobre!... perquè si no sentirien el motor del jeep. I ens hi acostarem a peu!

—Però, es pot saber per què?!

—Ja ho veuràs, Toni... Que ja no tens confiança en mi??

El mirava de costat, entremaliadament. Amb l'última llum del dia, els seus ulls tan blaus es tornaven fosforescents i encara resultaven més fascinants per a en Toni.

—Goldie... Es pot saber quina en portes de cap?

—Ja parem! Deixarem el jeep aquí... Au, va, baixa i no em preguntis més! Que no t'agraden les sorpreses?

En aquell mateix moment, els *rangers* que hi havia de guàrdia a l'aeroport van sentir per ràdio un missatge del capità Tambo:

—A totes les unitats! Els bandits de Madame Singh, àlies La Serp, són extremadament perillosos! I van fortament armats! Amb un llançagranades, han destruït no fa gaire un dels nostres vehicles que els empaitava. I ara es dirigeixen cap a l'aeroport on es troben els dos avions de transport. Cal tallar-los el pas i impedir que hi arribin i puguin fugir!

En sentir allò, el sotsoficial que manava els *rangers* que hi havia a l'aeroport decidí sortir a l'encontre dels bandits, abans que ni tan sols es poguessin acostar als avions.

Amagats entre la malesa, la Goldie i en Toni els van veure desfilar a pas de cursa, seguint l'única direcció per la qual, donada tota una sèrie d'obstacles naturals, podien accedir vehicles a la pista d'envol.

—Bravo! —digué baixet la noia—. El sotsoficial només ha deixat dos homes de guàrdia.

—Goldie, em sembla que ja sé el que et proposes fer...

Ella se'l mirà, inquieta.

—I si es així... Què en penses?

—Que tens raó, què dimonis! I que t'ajudaré a fer-ho, encara que suposo que des del punt de vista de la llei...

—El meu pare cita sovint Ralph Waldo Emerson...[1] Deia que sempre s'han de complir les lleis... Però que les bones persones no cal que ho facin al peu de la lletra.

«T'ajudaré...» havia dit en Toni.

Ho va fer. Des d'un extrem de la pista d'envol, va cridar els dos homes que muntaven guàrdia al costat dels avions, agitant els braços. Va fer un signe perquè el seguissin i tornà a amagar-se entre la malesa. Ambdós *rangers* es dirigi-

1. Filòsof nord-americà (1803-1882).

ren ràpidament, no sense malfiança, cap allí on havia desaparegut el noi.

Mentrestant, la Goldie va actuar de pressa. Les portelles del Fairchild no eren tancades. Hi entrà...

Hi regnava una fortor insuportable i la noia es va preguntar com podien, els animals presoners, respirar sense asfixiar-se. Devia fer una bona estona que esperaven menjar i aigua —encara que, mínimament, els *rangers* se n'havien ocupat— i van rebre l'arribada d'ella amb un guirigall eixordador.

Totes les gàbies, col·locades en rengleres (els ximpanzés i els micos verds, traient les seves manetes entre els barrots, eren particularment entendridors), tenien cadenats tancats. Però no amb clau, comprovà la noia mentre els anava obrint i alliberant les bèsties, sense ni tan sols imaginar-se que alguna pogués atacar-la...

Una gran pantera saltà vers la sortida com un llampec de vellut, sense mirar la noia!

I va ser millor per a la Goldie, perquè hauria estat capaç d'acariciar-la i qui sap què hauria pogut fer el felí, estressat i espantadís com estava...

Hi havia animals molt diversos: ocapis, estruços de la sabana, gaseles, cocodrils, lleons i lleopards a penes adults, mangostes grogues... I preciosos ocells multicolors: menjaabelles de cap verd i plomatge quasi vermell, flamencs roses, grues coronades de les que anuncien l'alba amb el seu vol, marabús hieràtics, malgrat aquell caos, amb llargs paps penjant; cigonyes...

Gràcies a la Goldie, tots els animals van sortir del Fairchild amb un formidable avalot, amb la força vital i l'alegria (expressada en aquell cas amb molts grunys i cucleigs) que dóna a tot ésser viu la llibertat recuperada... En veure llançar-se a l'aire fresc del crepuscle tots els animals que havien sobreviscut, alguns envolant-se ràpidament, d'altres perdent-se en la sabana i en la malesa circumdant, els ulls de la noia es van omplir de llàgrimes de felicitat...

Amb la mateixa determinació apassionada, hauria obert la Goldie Severing totes les gàbies del món. I no solament les dels animals, que tant s'estimava!

Encara que cal dir que s'hauria aplicat, particularment, a obrir les gàbies dels escorxadors i dels vagons de tren i dels camions on transportaven, en condicions inacceptables moltes vegades, els animals cap a l'extermini. Igualment hauria obert les gàbies dels laboratoris on, en nom de la ciència i de la salvació dels humans, l'autoproclamat «Rei de la Creació» s'acarnissava, bisturí i elèctrode a punt, sobre pobres bestioles indefenses que —com ell, ni més ni menys— tenien dret a una vida única i irrepetible... la Goldie estava convençuda que el tal «Rei» feia sovint allò, més innecessàriament del que es deia. I sense un control prou estricte per part de les autoritats.

La fugida dels animals va fer tornar els *rangers*, que havien provat, debades, de trobar en Toni, senzillament estirat a terra sota les falgueres. Però quan van arribar davant dels avions, la Goldie ja havia desaparegut!

Moments després, ambdós joves es retrobaven a bord del jeep.

—Sóc tan feliç! —deia la noia, radiant—. Si haguessis vist que contents estaven, pobrets, de sortir d'aquella presó!

—N'he pogut veure uns quants.

—Ara hauríem de tenir notícies dels teus amics... I oh, Déu meu, Toni! El meu pare ja deu haver tornat del dispensari que ha muntat allí on han internat els refugiats ruandesos... No m'ha trobat a casa i deu estar mort d'inquietud!

Què fer?, es preguntava anguniosament en Toni. Ell suposava que la millor manera de retrobar els companys de Carn d'Olla Airlines era esperar-los al costat dels avions, perquè tard o d'hora —si no els passava cap desgràcia!— hi tornarien... Quedar-se per allí i esperar hauria estat, doncs, el més raonable a condició de no ser vistos pels *rangers* que vigilaven l'aeroport; ara, no se sentirien pas ben predisposats, precisament, envers ell...

Què fer? En tot cas, no deixar que la Goldie tornés a Queen Dandelion sola, a través la selva verge, d'on ja començaven a arribar sons inquietants, a càrrec dels caçadors i caçats que en protagonitzaven les nits. En Sivilles i en Jackson ho comprendrien quan els ho expliqués... Si tot anava bé!

—Goldie... Tornem a Queen Dandelion! Ja pots anar a buscar el trencall...

—Però...

—És una ordre de l'Alt Comandament de les Forces Estratègiques Mediterrànies!

—Ui! Escolti, bon home, la seu d'aquestes forces deu estar molt lluny d'aquí...

—Senyoreta, en el món d'avui ja no hi ha distàncies, ja res no queda lluny... El problema serà, aviat, perquè alguna cosa quedi lluny!... No, Goldie, ara parlo seriosament: T'acompanyo a casa!

Acabava de dir allò, quan esclatà un tiroteig violent! Era una espetegada de trets que l'eco magnificava.

Venien de l'aeroport, o de molt a prop.

—I ara encara t'ho demano amb més força! —exclamà en Toni, serrant les dents—. Has manat durant tot el viatge, Goldie... Ara deixa'm manar una mica a mi.

—Ho trobo equitatiu —va dir ella, rient—. Tornem al trencall, doncs.

«Els amics ho comprendran!», es digué en Toni, ben preocupat per ells, tanmateix.

Anaven per una pista de búfals de la selva i, a punt d'entrar per l'estret congost, van sentir uns sorolls estranys. Com si s'entrexoquessin pedres, amb breus intervals...

I tot d'una, en una clariana, a la llum d'una gran lluna de color taronja, van veure dos elefants envestir-se... Era el xoc dels seus llargs ullals de vori, allò que feia aquell soroll.

—És el seu període de zel —explicà la Goldie—. Es barallen per les femelles... El meu pare diu que, primitivament, els elefants es mataven, en moments així... Imagina't! Masses com les seves, envestint-se amb aquests punxons tan afilats!... Però, ara, les lluites a mort han quedat substituïdes per un altre ritual... Ja no es maten, s'envesteixen diverses vegades, front contra front, per comprovar la llargada dels diferents ullals. I un cop ha quedat clar qui els té més curts, s'acaba la prova, i el que ha perdut deixa el camp lliure... i la femella... a l'altre.

—Fantàstic! —exclamà en Toni—. Tant de bo nosaltres féssim alguna cosa que s'hi assemblés, a l'hora de començar una guerra!

Ja anaven pel congost, quan unes roques es van desprendre, sens dubte amb les vibracions que feia el vehicle... De moment, però, no els va passar res de greu.

—Més val que ens rendim, Laila!! —cridà l'home de la cara vermellenca, a Madame Singh, per damunt del soroll dels trets i les explosions.

Al volant del *land-rover*, David Pelham s'acabava de desviar del camí pel qual havien vingut seguint cap a l'aeroport, i ara procurava amagar el vehicle entre la malesa.

Un altre *land-rover*, carregat de bandits, havia provocat aquell nou tiroteig amb els *rangers*, en haver refusat els seus ocupants de parar-se i haver obert foc contra un control. Un dels bandits havia agreujat la situació atacant amb granades un jeep que els perseguia.

—Rendir-nos?? Mai!!! —respongué ella. I en el moment en què el jeep quedava més o menys camuflat entre esbarzers, sota paletuvis, obrí la portella i saltà a terra, amb una metralladora Marietta a les mans.

—Pelham! Digui-li que no sigui boja!! La mataran!! —cridà en Sivilles que, amb en Jackson, seguia emmanillat al seient del darrere.

—S'ho haurà guanyat a pols! —va dir en Jackson.

Madame Singh ja havia obert foc contra uns guàrdies, parapetats rere unes roques cobertes de molsa. L'home de la cara vermellenca, fent cas a en Sivilles, sortí del cotxe i es llançà cap a ella.

—Laila! Ens tenen copats!! Tira l'arma!!

—Calla covard! Ningú no ha copat mai Laila Singh!!

Seguí disparant contra els *rangers*. I en el moment en què Pelham, sentint com xiulaven les bales dels guàrdies entorn seu, l'anava a agafar per les espatlles per fer-li tirar la metralleta, la dona va fer un gemec. I no va caure del tot perquè ell l'agafà.

—Laila! Laila! —cridà ell—. Alto el foc! Ens rendim!!

Estirà la dona a terra, amb tota la delicadesa del món. Ella el mirava amb cara de sorpresa:

—M'han tocat! M'han tocat!... Com pot ser??...

—On t'han ferit, Laila??

—Al costat... Per culpa teva, imbècil! Per què no disparaves?? Per què??

Els *rangers* s'acostaven corrent a la llum de la gran lluna ataronjada. En Sivilles mig ho veia des del *land-rover* i ho descrivia al seu company.

Madame Singh es mirà, incrèdula, els dits tacats de sang... I provà d'aixecar-se amb força. Però no es va bellugar.

—David! David! No puc moure les cames... No em puc aixecar!! No puc moure les cames!! I tot per culpa teva!!...

L'home de la cara vermellenca s'abraonà sobre ella. Protegí el cos de la dona amb el seu, tement una represàlia immediata dels *rangers* que ja els voltaven, amb cares i crits de ràbia. Aquella parella els havia matat companys! Calia que ho paguessin!...

Un dolor sobtat atacà la dona, que es posà a xisclar.

—Un metge!! Que vingui un metge!! —cridà Pelham. Abraçà la dona i li agafà la cara entre les mans.

—Laila... Laila... Estic aquí amb tu, amor meu... Calma't! Tot anirà bé! En David no t'abandonarà... Mai! Mai!

La dona s'havia calmat.

—No em diguis... amor meu... —murmurà.

Els *rangers* amenaçaven de venjar-se. Però en aquell moment sorgí el capità Tambo.

—Què és això?? Què anàveu a fer?? Aquest home i aquesta dona són presoners de l'Estat del Zaire! Sou *rangers*, i no salvatges! Qui ho oblidi es trobarà davant d'un consell de guerra!!

12

Déu meu!! Això sí que no m'ho esperava! La Goldie estava consternada. Acabava de frenar en sec el jeep, en sortir d'un revolt del congost. Els fars il·luminaven l'estreta pista del trencall de Kemba. A uns quants metres del jeep, un esllavissament de roca i terra s'havia produït, encara no feia una hora segurament.

—Haurem de fer marxa enrere... Què tal, Toni? Estàs bé?

—Millor, impossible! —va dir en Toni, ensenyant els dits encreuats. Es van posar a riure.

—Però ara sí que cal que obrim bé els ulls, Goldie... si fem mitja volta, no convindria que ensopeguéssim amb els bandits.

—No, és clar... Però potser ens trobarem amb la sorpresa que els *rangers* ja els han detingut i que han alliberat els teus amics.

No van tenir ocasió de comprovar-ho... Van fer marxa enrere. I mentre s'acostaven al lloc per on havien entrat al trencall, van sentir un soroll que ja coneixien... L'entrexocar dels ullals de vori dels elefants!

Dos mascles i una femella s'havien ficat al trencall. I en un lloc on el congost s'eixamplava lleugerament, els mascles es lliuraven al seu ritual... Encara no havien aclarit quin d'ells tenia els ullals més curts i havia de cedir el lloc a l'altre.

—Quina mala sort! —digué la Goldie—. Es poden passar així tota la nit!

—I no els podríem espantar amb els fars? Amb el soroll del motor del jeep?

—Oh, no, Toni! És massa arriscat... Els elefants són els animals més mansos del món. Però quan se'ls molesta, poden ser terribles!

—Com certes persones, vaja...

—En efecte! Però la diferència... és de pes!

—Què podem fer, Goldie?

—Esperar... I pregar perquè no s'enfadin amb nosaltres.

—Oh, Goldie, no em diguis que haurem de passar la nit, tu i jo sols, enmig de la selva verge... Sota aquesta lluna tan bonica! Si no fos per la inquietud que sento per en Sivilles i en Jackson, ho trobaria... de pel·lícula.

—Jo també, si no fos perquè el meu pare pateix tant, en aquests moments, i perquè cada cop fa més fred...

—I jo que em pensava que a l'Àfrica feia sempre calor a tothora i pertot arreu! Oh, però si et peten les dents, Goldie!

—To-Toni... No se-serà... re-res...

—Espera, Goldie! Si ara que hi penso, quan em vas dir que m'abrigués bé, vaig agafar un sac de dormir!... És al portaequipatges!

Baixà a buscar-lo.

—Té, noia, posa't a dins de seguida... Saps què? Et podries estirar sobre el seient del darrere. Tu dorms i jo vigilo.

—D'acord, a condició que d'aquí a dues hores em despertis i ocupis el meu lloc, i jo el teu.

Tres quarts d'hora més tard tot seguia igual i els elefants no semblaven representar cap amenaça, lliurats al seu ritual.

En Toni vigilava, quan una mà, sorgint des del seient de darrere, li tocà l'esquena.

—Toni —va dir la Goldie—. No puc dormir, si et peten les dents d'aquesta manera...

—Oh! Perdona... Ho entenc... Però és que fa tan fred! Provaré de no fer soroll...

Hi hagué un silenci.

—Toni...

—Què?

—Mira, fixa't... Estic pensant que aquest sac és prou gran perquè hi capiguem tots dos. Per què no véns?

Poc després d'haver rebutjat l'oferiment, en Toni es repensà. El sac ja tenia el suau perfum de vainilla de la Goldie. Es van posar de tal manera —els feia menys vergonya— que es donaven l'esquena. Era horriblement incòmode, però ja cap dels dos no tenia fred.

I, tot d'una, en Toni pensà en el que li havia donat en Jackson, burleta, en aterrar a Kinshasha.

«Té, per si de cas!»

«No vull res!!», havia respost el noi; però en Jackson li havia posat a la butxaca dreta de la camisa i allí ho tenia ara. El noi s'empipà amb ell mateix, per pensar-hi precisament en aquells moments, com si hagués estat una falta de respecte envers la Goldie.

Provà de distreure's amb els sorolls que venien de la selva. En un moment del dia, la Goldie li havia dit que quan et quedaves de nit a la selva, notaves, a més dels altres sorolls típics, com un murmuri seguit i profund: era la selva que creixia! Resultava ser veritat.

Goldie, Goldie, Goldie, es digué, compassant el nom de la noia amb aquella remor de la terra viva, odorant, que engendrava vida sense parar. Goldie!...

—Que dorms, Toni? —preguntà ella en aquell moment.

—No puc dormir, Goldie...

—Per què?

—Perquè per damunt de tot el que em preocupa... No, res, res! Deixem-ho córrer... Va! Sí! És igual... T'ho dic!!... Per damunt de tot el que em preocupa, penso contínuament en tu!... En els teus ulls tan bonics... En els teus besos...

—Em sembla el més normal del món, Toni. És que jo... Bé, m'he passat una mica, perquè em caus molt bé! I tu ja ho has dit, abans: la selva verge... Aquesta lluna tan gran...

I tu i jo, sols... La situació és d'allò més romàntica! No sé què dir, noi... Sóc una noia molt tímida, saps! I mai no...

—Jo... jo també sóc molt tímid, Goldie...

En aquell moment, la lluna va desaparèixer rere un núvol. I com si l'obscuritat hagués tornat més agosarats el noi i la noia, van deixar de donar-se l'esquena i es van tombar en el mateix moment, dins del sac de dormir, l'un vers l'altra; talment com si s'haguessin posat d'acord.

Els seus llavis es van trobar de seguida a les fosques, com un fet natural més, inevitable. Mentre besava i abraçava la Goldie, en Toni es va sentir tan feliç com només s'hi havia sentit en somnis.

Però allò no era un somni meravellós on la felicitat et desperta i després vols, sigui com sigui, continuar somiant. Allò era de debò! I la realitat eclipsava tots els somnis!

—Toni... Toni...

—T'estimo, Goldie... Com t'estimo!...

—Espera... T'haig de dir... una cosa. Jo mai... em fa vergonya... No sé com dir-ho! Vull dir que aquí... no tan sols la selva és verge, saps?

—Goldie bonica —va respondre ell— no et pots imaginar fins a quin punt!

Epíleg

Què dius?? No et sento!! —cridà en Sivilles per damunt del soroll dels motors, llançats a ple registre.

L'Antonov acabava d'enlairar-se i posava rumb a Kinshasa.

—Dic que no m'acabo de fiar d'aquesta porta, que s'ha hagut d'arreglar de qualsevol manera!! —cridà de nou en Jackson—. Una vegada, sortint de Kuwait...

—Ja m'ho explicaràs d'aquí a uns moments, ara no et sento!

En Jackson es tombà cap a en Toni, assegut al darrere. S'agafava amb les dues mans al cinturó de seguretat a l'alçada d'on sortia. En Jackson es va dir que, aquest cop, no semblava ser la por el que el preocupava. Però el preocupava, i molt, alguna cosa.

—Com va això, Toni?

—Oh, millor impossible! —va dir el noi, absolutament pansit.

—Ja ho veig, ja... ¿Ens en faràs cinc cèntims, de les teves aventures a la selva, de nit, voltat d'elefants en zel i sol amb una noia preciosa?

—No té gràcia, Slim! Deixa'm estar!

—Espero que no oblidessis allò que...

En Toni es tapà les orelles amb les mans, amb un gest tan desolat, però tan digne alhora, que en Jackson decidí no empipar-lo més. S'estava fent home, i ara descobria el preu que es paga per ser-ho, per no ser més un nen per qui els altres decideixen. Per sentir-se molt sol i molt trist, a vegades, i respondre com si tot anés bé: «Millor, impossible!». De qui ho devia haver après? Era igual... Tots aprenem de tots. A en Jackson li agradava el noi. Tenia *the right stuff*, la bona pasta, el que calia tenir.

En Toni sentia els ulls humits i lluitava per contenir-se. Es trobava en aquella edat en què un es fa moltes preguntes. I la nit passada a la selva li havia demostrat que, a vegades, la vida dóna respostes més meravelloses que els somnis.

Per distreure's, i fer tornar les llàgrimes allí d'on venien, rememorà el que havia passat, al congost, a trenc d'alba... Com la Goldie i ell s'havien despertat, sobresaltats, en sentir alguna cosa fregar el jeep... Era Mik-Mik, el ximpanzé! Va dir «Bon dia!», en *ameslan*. I més enllà, hi havia un nord-africà gegant, que portava una espasa a la mà...

«Kemba!!»

«Hola, Shikishiki! M'he imaginat que et trobaria en aquest trencall... No pateixis pel teu pare. L'he fet avisar pels *rangers*.»

«Però, i els elefants?... Com has pogut passar?»

«Hi ha un poblat, no lluny d'aquí... Tenen elefants domesticats, als quals fan treballar... Hem vingut amb un parell d'elefantes. Els mascles han deixat de donar-se cops de front, i han sortit a empaitar-les!»

Mik-Mik havia fet una de les seves «riallades», en sentir allò, tal com si la idea hagués estat d'ell. I s'havia posat a «parlar» amb la Goldie...

Ara, a l'Antonov, en Sivilles va cridar:

—Dic que amb aquest assumpte, tu i jo, i Carn d'Olla Airlines en pes, hem fet el negoci d'en Robert amb les cabres!!!

—Quin Robert?? —preguntà en Jackson.

—No hi ha cap Robert! I no em preguntis per les cabres! És un *common saying*, home! Una dita!

Goldie... Com oblidar-la? No l'oblidaria. I esperava que ella tampoc no l'oblidés a ell. Els seus ullets blaus, quan es van acomiadar!... Estava pàl·lida en dir-li adéu.

Vindria a veure'l a l'Empordà. Pel seu aniversari, el seu pare li havia promès un viatge a Europa. Havien parlat de roba, de calçat, de marques... «Li regalaré unes botes de muntanya o unes sabates "Panamà Jack". I unes bambes "Gazelle".»

—Ei, Toni!

—Què vols ara, Slim??

—Va, home, no facis aquesta cara! Et volia dir que aquesta nit podríem tocar la guitarra i cantar una mica.

—Molt bé! «Wild flowers», de Dolly Parton. M'agradaria aprendre-la bé. Et va?

—*Okay!*

«Wild flowers» li feia pensar en la Goldie. És clar que val a dir que en aquells moments hi havia poques coses que no el fessin pensar en la Goldie.

A l'aeroport, ella li havia donat un vers de Léopold Sedar Senghor, poeta del Senegal, copiat expressament per a ell.

Ara, mentre el «Chitty-Chitty Bang-Bang» pujava encara cap al nivell de vol escollit, en Toni va començar a rellegir-lo:

«No sé pas en quin temps era,
confonc sempre la infància i l'Edèn,
tal com barrejo la Mort i la Vida
—un pont de dolçor les uneix».